# 国家の存続

## Survival of the state

人生
方程式

（Life equation）

西川 正孝

Nishikawa Masataka

ブックウェイ

目次

# 一、潮香と潮音

志摩にある堤防の上に寝そべって、智則は何するともなく遠くの水平線に目を向け、紺碧の海と青い空に純白の雲が流れてゆく様子をノンビリ、ボンヤリ眺めている。その静かで穏やかな光景の中を時折白い船が通る。青と白のコントラストが美しい。

近くは入江になっていて波の音はするが、海面は静かに揺れているだけである。遠くは外海で、あの白い船が見えたり見えなくなったりする。多少波は大きいのだろう。ここにいると、海独特の湿っぽさと香りを含んだ緩やかな潮風が涼を運んでくる。直下の小さな砂浜に眼をやると、手前に小さな浅い湾処《わんど》がある。堤防を挟んで海と反対側に稲田があり、稲田の間の溝川が堤防をくぐって湾処に流れ込んでいる。湾処の出口は細くなって海につながり、その流れに向かい海から小魚の群れが集まってきて、この湾処に自由に出入りしている。

初夏の日差しの中、一人の老人が入ってきた小魚を捕っていた。その捕り方が面白く、実に悠長である。魚が入ってくるのを待っていて、網の片方を砂浜の杭に縛り付け、もう片方は長い綱につないであって、綱を手繰《たぐ》り寄せ、今まで自由に通れるようにしていた入口を閉じてしまい、湾処の魚を一網打尽にする。それを気長に時間を掛けて何度も繰り返すのである。〈上手に地形を利用しているものだ〉と智則は感心しながら見ていた。少年の頃、田舎の川端で腹這いになり、流れの緩やかなところで釣り糸を手に魚の前へ餌を持ってゆき、何時間もそうしていたことを思い出す。ここでこうしていれば、心も悠長になる。

老人のところへ若い娘が弁当を持ってやってきた。孫娘であろうか、食べる支度を始めた。〈ああ、もう昼飯の時間か〉と思った。食べられるように用意された頃、「おい、そこの若いの、ここへ来て一緒に食べろ！」と老人が言う。ためらっていると、「早く来い！　冷めるぞ」と再び親しげに智則へ声を掛けた。

周囲を見回しても自分しかいない。智則は自分を指さして「僕？」と確認した。

「お前しかいない、早う降りてこい！」

老人もこちらを見ていたのだ。

智則は砂浜へ降りた。老人は自分の分を分けて、智則に与えた。それに、先ほどから捕っていた小魚も塩焼きにした。「美味い！」と智則は言った。老人と娘は顔を見合わせて微笑んだ。この場所や雰囲気、二人の心遣いが一層料理に味を添えた。

「海は好きかい？」と老人は言った。

少し間をおいて、「今日は好きです」と答えた。

「なんじゃい今日はとは？」

「穏やかな海と」と言いかけて、「今日のここでの何もかもが好きです」と言い直した。

「可笑しな答えじゃのう」

老人は笑って娘に顔を向けると、娘も口に手を当てて笑っている。その仕草が初々しく、愛らしく、たおやかに見えた。老人は続けて言った。

「どこから来たのじゃ？」

「大阪です」

「堤防の上での様子を見ていると、ノンビリするのが好きらしいが、怠け者か、それとも逃避か？」

「両方です」

「面白い奴じゃのう」

「僕も三重県の山中、田舎生まれの田舎育ちです」

「この娘は儂《わし》の孫じゃが、今年、短大を卒業したものの都会に出たがってのう」

「田舎が良いってことを教えてやってくれ」と続けた。

「陽子というんじゃ」

陽子は会釈した。しばらく三人で話しながら食べた。

その後、智則は砂浜で横になった。娘は帰っていった。老人は少し休んで、また作業を始めた。智則はこのまま、この気分に浸りたく、砂浜で眼をつむった。

周囲が女性の声で騒がしくなって我に返った。少し眠ってしまったようだ。目を開けて周囲を見回すと、智則を取り囲むかたちで海女が十人ほど座っている。それぞれの傍らには海草や魚介などが入っている背負い籠が置かれていた。浅くなった磯での作業を終え、この狭い砂浜で休憩をしていたのだった。彼女たちは喋りながら、自分たちが捕ったウニを上手に割って食べている。

「食べなよ！　お兄さん」

起き上がって座った智則に一人がウニを割って差し出したが、一応遠慮した。続いて二人ほどから勧められたが、同じく遠慮した。

「美味しいよ、食べなよ」

また別の海女が勧めた。

「ありがとう。せっかくだから頂きます」

あまり遠慮するのも失礼と思い、割ってくれている中の黄色い部分を食べた。

「うん、美味しい」

「街で食べると高価だろう？」と海女は言った。

智則は頷いた。

「どこから来たの？」と聞かれ、「大阪です」と答えた。

先ほどから智則にウニを勧めていた他の海女たちが、そのやりとりを見ていて「その人のは食べて、私のは食べてくれないの？」と次々と言った。

智則は首を振り、「遠慮していたのですが、度々勧めて下さるので」と言った。

その刹那、割ったウニを持った手が周囲から伸びてきた。若い女性から中年までいる。高級品をたらふくタダで頂くことになった。

たわいもない話をしながら味わっていると、「おい！　若いの、よくモテるのお」と様子を見ていた先ほどの老人が言う。

「平《へい》さんにはあげないよーだ」と海女の一人が返した。

「平さん？」と智則は問うように言った。

「平助ていうのさ」と別の一人が教えてくれた。

「逆さに読んだら、スケベイさ」と、また別の一人が言って、皆、笑い転げた。

屈託なく本人に聞こえる大声で、こんな話をしている。平さんは皆に好かれているんだと感じた。

「あんた、今夜どこに泊まるの？」と一人の海女に聞かれた。

「こらっ！　後家！　誘惑するな。今夜は儂が美味いもんを食わしてやるんじゃ」と平助が言った。

「ああそう。そりゃ残念やわ。あんた、平さんに気に入られたみたいね。あの爺さんは滅多と人を信用しないのよ。あれでも元、村長さんや」

そう海女が言った。

智則は今後の行動を、この面白い雰囲気とやりとりのなりゆきに任せることに決めた。海女たちはしばらく駄弁って、また海へ入っていった。

智則はこの安らぎの中で再び寝そべると、日頃の疲れもあってか、またしばらく眠ってしまった。


「おい！　若いの」

その声で目が覚めた。

「いつまでも若いのではあかんの」

「名前を聞いておこう」

「山野智則です」

「先ほどのこと、本当ですか？」

「美味い物食わすということか？　ハ、ハ、ハ、」と笑って続けた。

「今夜、儂の家に泊まってゆけや。今夜の宿決めてあるのか？」

「いいえ」

「呑気な奴じゃ」

「何とかなると思って」

「何とかなったというわけか。それじゃ決まった」

「はあ、それはありがたいことですが…突然で、ご迷惑では？」

「なんの、遠慮はいらん。もうじき、船で迎えに来る。今日はここで隠居の暇つぶしさ。山野智則さん、智《とも》さんでいいか」

そんなふうに平さんは親しみを表してくれた。

「光栄です」

「智さん、車かい？」

「はい。明日まで預かってもらうよう駐車場に頼んできます」

そう言って智則は姿を消し、しばらくして浜辺に戻ってきた。

平助の家の苗字は牧という。牧家は漁と真珠の養殖をしているのだということを迎えに来てくれた船の上で聞いた。

浜島の漁港から陸に上がって、平助の家に着いた。智則が一緒だったので、陽子はビックリして態度や言葉遣いまで変わったようで、平助が「色気付きおって」と言うと、陽子の顔は赤くなった。もう一度会いたいと思っていたところ、平助が連れて帰ったものだから嬉しかったのだ。

「儂の友人の智さんじゃ、面倒見てやってくれ」

「お爺ちゃんが友人じゃかわいそうよ」

「何ヌカス、嬉しいくせに」

「知らない」と陽子は台所の方へ走っていった。

「突然、ご迷惑をお掛けします」

「いいえ〜、よくおいで下さいました、自分の家と思って寛《くつろ》いで下さいませ。不自由なことがあれば、何なりと言って下さい。夕食の支度ができるまでお風呂にでもお入り下さい。陽子！　タオルや着替えの支度をして、ご案内しなさい」

陽子の母、菊がそう言った。

勧められるまま風呂に入らせてもらった智則は〈牧家の人はキサクで良い〉と思った。陽子と母は急な来客に台所で忙しく動き回っていた。


夕食は家族全員揃っていて、智則がその中へ自然なかたちで加わった状態だった。特別扱いではなく、家族と同じ扱いだった。

「海の堤防で、眠ってしまいました」と智則が言うと、皆笑った。

「儂が魚を捕っているのを、堤防の上で寝そべってジーッと見ておるんだ」

「目を覚ますと、実に悠長で、上手く漁をしていらっしゃるのを見て、気持ちが安らぎ、幼い頃の郷愁に浸っていたんです」

「そうかい。よく聞いておくんだぞ、陽子、田舎が良いってさ」

そして、ここからが大事と言わんばかりに続けた。

「あれからな、智さんよくモテてな。海女たちに囲まれて、捕ったウニを割って女たちからアーン、アーンと口に入れてもらっておったんや。海女の一人なんか『平さんにはあげないよーだ』だもんな」

「お爺ちゃん、僻《ひが》んでいるの、それとも妬いてるの」と陽子が言った。

「後家が一人、今夜、智さんを引っ張り込もうとしてな」

「オーバーよ」

「智さんを連れてきたのが嬉しいくせに」と平助が言う。

「まあ、お爺ちゃんたら、もうー」

「お料理、みな美味ですね」と智則が言って、ある料理を箸でつまむ。

「それ、私が作ったのよ。どう?」と陽子が言った。

「美味しいです」

「これ！　不味いとは言えないじゃないか」と、父の平太が言った。

「いえ、本当に美味しいです」

「智さんは優しいの」

忙しく皆のおかわりを椀によそいながら、母の菊が言う。

和やかな会話をしながら食事が続いた。陽子の家族は、祖父の平助、父の平太、母の菊、兄の四郎の五人である。


夕食後、智則は平助の好きな将棋の相手をした。「こりゃ困った」と言いながら平助は凄い手を打ってくる。陽子がお菓子とお茶を運んで来て、「お爺ちゃんのお守り役ね」と笑う。

「どうじゃ、明日、船で沖釣りに行くか?」と平助が言った。

「連れてって下さい」

「おい、平太、聞いての通りや。用意頼む」

「うん、分かった」

「お世話掛けます」

「なあに、漁に智さん連れて行くだけや。気にしなさんな。王手!」

「参りました」

「お爺ちゃん、花を持たせてもらって」と陽子が言った。

寝床や食事など、陽子は積極的に智則の世話をし、一段落ついたところで風呂へ入った。

「お母さん！　シャンプーとリンス取ってー」

風呂場から母親に甘える陽子は、自分の用意を忘れていたのである。

智則の寝室は落ち着いた客間だった。昼間の疲れや今日一日の心地良さを感じながら、自然なもてなしに感謝しつつ、自分を信じてくれる安らぎにも似た気分で、智則は良い眠りについた。


漁村の朝は早い。船のエンジンの音で目が覚めた。早朝から平助の厚意で船に乗り、沖へ釣りに出た。船の操作は陽子の父平太がして、平助は智則に釣り方を教えた。陽子も乗り込んでいた。

「こいつは小さい頃から女のくせに、よく一緒について来てたのや。漁も泳ぎも上手になったが、短大に入ってからスッカリ止めていた。でも今日は珍しく自分から行くと乗り込んできたんや。智さんのせいやで」

「嫌やわ。お爺ちゃんたら」

陽子は昨日のたおやかさとは違い、出で立ちや動きもさっそうとしていた。

入り江では良かったものの、外海へ出てから智則は船酔をした。智則にとって波は大き過ぎた。智則は撒き餌をしているかのごとく、口から海へ吐き続けた。船上で臥せってしまい、釣りどころではなくなった。陽子は一生懸命介抱したが、他の二人は「そのうち慣れるさ」と笑って見ていた。

生きた心地がしない智則は、〈このまま船がひっくり返ると確実に死んでしまう〉と思った。平助と平太は鯵《あじ》とイサギがよく釣れて大漁だった。

「智さん、後で刺身にしてやるからな」

二人は嬉しそうに言いながら喜んでいたが、智則はとてもそのような気分ではなく、早く陸に上がりたかった。

「陸に上がれば、すぐ元に戻るさ」と平太が言った。

一旦、智則と陽子と捕った魚を陸に上げ、平助と平太はまた沖へ出ていった。

智則は家の中でしばらく横になり、気分が戻った頃、陽子の運転する軽トラックの助手席に乗って、預けてある車を引き取りに行った。

夕刻、近くの船着き場でサビキ釣りをした。面白いように鯖《さば》が揚がった。陽子が時折様子を見に来ると、二人で馬鹿話をした。

「四国へ釣に行ったときに聞いた話なんだけど、釣り糸を体に括り付けていた釣り人が大魚に持って行かれて、数日後、大魚とつながったまま遺体で発見されたことがあったらしい。そんなこともあるんやね」

智則がそう言うと、「鰯《いわし》に釣られないように気を付けてね」と陽子はからかうように言った。

「酔わなければ、船も楽しいのにな…」と智則が言った。

陽子は都会、特に東京へ出たがっていたが、都会に信用できる知人はいなかった。夕食後、智則のことをすっかり気に入った平助は、陽子の両親と相談して少しの間、大阪で暮らさせてやろうと思い、智則にそのことを話した。

「僕でいいのですか？」

「智さんなら信頼できる」

「えろう、買い被られたものや。陽子さんは綺麗だし、僕も男ですよ」

「ハハハ、嫁にしてもいいぞ、智さん」

平助はもう決めていた。智則も陽子も赤くなった。

「愉快、愉快」

平助は二人をからかって、嬉しそうにしている。

気の早い平助は、帰りに連れて行ってくれるよう智則に頼んだ。

「住む所も確保しなければいけませんし…」と智則が言う。

「智さんの住み家、部屋の余裕ないのか？」

「物を処分すればなんとか」

「じゃ、それで決まりや。家賃も要らないし」

「でも、同じ屋根の下に二人きりでは…」

「煮るなり焼くなり好きにすればいい。女の一人暮らしのほうがもっと心配じゃ」

「はあー」

「陽子と同棲すると便利になるぞ。まず家事ができるし料理も美味い。ところで、どんなところで暮らしているのや？　ボロ家か？」

「結構新しいマンションです。この漁村の暮らしとは大分変わりますよ」

「ワー、私、マンション暮らし憧れていたんです」

「陽子も乗り気のようじゃの」

「東京でなく、大阪でいいのですか？」

智則が尋ねると、智則の目を見ながら嬉しそうな顔をして「はい」と答えた。その素直さと同時に、初々しい瞳の中に気のせいか艶めかしさも感じた。

「智さんに惚れよって」

平助がからかうと、陽子は赤くなった。

「都会に出て何をしたいのですか？」

「何か手に職をつけたいと思っています」

「こんな素晴らしいところ、素晴らしいご家族、すぐ恋しくなりますよ」

「そうなって戻ってくれば、それも良し。子供を連れてくればなお良し。ハハハ」

平助は機嫌が良い。

「僕と一緒に暮らしている間は、家賃と食費は心配要りませんが…」

「僕の自制心が…」

「ハ、ハ、ハ、まだそんなこと言っているのか？」

「ところで智さん、仕事は何してるのや？」

「技術者です」

「そうか。すまんが、面倒見てやってくれ」

「僕でよければ引き受けました」

智則はきっぱり言い切った。

「これで決まった。智さんが帰阪するとき、くっついて行けるように用意しておけ」

平助は陽子に言って、なりゆきを聞いていた陽子の両親にも了解を取った。

「しかし、この村は良いところですよ」という智則の言葉に、「聞いたか、陽子」と平助は嬉しそうに言った。

朝、智則が海岸を散歩していると、二人の若者から横柄な態度で道を尋ねられた。その後、彼らは砂浜に下りて車を走らせた。テレビのCMで見るような格好良いシーンである。彼らは水際と並行に車を停車させ、散歩し始めた。そのうち潮が満ちてきたので、彼らは慌てて車に戻り急発進させようとしたものの、傾斜が付いている砂浜では車輪が砂に穴を掘るだけで、むしろ水際にずり落ちてゆく。一層慌てふためいてアクセルを踏んだがますますずり落ち、とうとう海水に浸かってしまった。

横柄な態度の若者たちの行動をそれまで静観していた智則だったが、〈このままでは沈んでしまう〉と思い、車に近寄り対処しようとした。ところが人数が足りない。

「おーい！　そこの若衆たち、来てくれ！　手伝ってくれ！　車を助ける。早く頼む」

そう言って、近くにいた若者たち四人に声を掛けた。

「早く来てくれ、考えている暇はない！」

若者たちは智則の気迫に押されて砂浜に下りた。

「運転手は君か。俺の言うこと聞くか。聞かねば沈む」

智則は車内の二人に言うと、彼らは渋々了解した。

「運転手以外は車外に出よ！　若衆たち、車の前部を岸辺のほう、水際と逆の方向へ向けてくれ。いいか、一、二、三、それっ！」

車の前部を持ち上げ、陸地に向けた。

「ようし、運転手！　我々が後ろから押す。アクセルをゆっくり踏め。もっとゆっくり。止まるギリギリまで足の力を抜け。よし、その調子。他の者は海に入り、号令とともに一斉に押せ。一、二、三、それっ！　押せっ。アクセルは吹かすな」

車は少しずつ岸辺に向かって動き出した。

「その調子。続けて！」

やっと水面から出た。

「車を止めるな。そのまま砂場を抜けるまで進めよ」

「なんとか助かった。若衆たちありがとう」

智則は手を貸してくれた若者たちに握手して回った。智則は運転手のところへ行き、すぐ洗車場かガソリンスタンドで車を徹底的に真水で洗うように念を入れて言った。彼らのではなくて誰かに借りてきた車のように感じたからだ。車の二人は一応礼を言って立ち去ろうとした。

「そのまま立ち去るつもりか！　彼らの格好を見てみよ」

一部始終を見ていた平助が怒鳴った。彼らは渋々財布から三千円を出して平助に渡し、去って行った。平助は「はした金じゃが貰っておけ」と言って智則に渡した。

智則は手伝ってくれた若者たちに頭を下げて礼を言い、自分の財布を取り出して財布の中のお金を全て掴んで渡した。

「少なくて申し訳ないが、洗濯代に、残りで一杯やってくれ。君たちのおかげで助かった。ありがとう。でも、ずぶ濡れになったな。すまんな」

そう言いながら、智則は何度も何度も彼らに礼を言った。

「ずぶ濡れはお互いさまじゃ。上等な靴や衣類だったのやろ」

若者のリーダー格の男が智則に言った。

若者たちは金を受け取ると、その場を去って行った。彼らは暴走族のような町の嫌われ者だったのである。その様子を終始見ていた老人がもう一人いた。彼はかつて侠客と言われていたならず者たちの親分だった。

「あいつの財布はもう空や。何とかしてやってくれ」

「分かっている。彼をお前の元へ連れて行きたいのやろ」と平助が言った。

「分かるか?」

「昔のおまえを見ているようやった。でもあかんぞ、孫娘の婿にするつもりや」

明くる日、前日手助けしてくれた若衆たちが単車で平助の家にやってきた。智則に会いにきたようだ。陽子は心配したが、平助は笑っていた。

「今日は俺たちに付き合ってくれ」とリーダー格の一人が智則に言った。

「分かった」

「俺の後ろへ乗れや」

少し走った後、単車を止めて、リーダー格の男が言った。

「おい、金出せや」

「出してやりたいが空っけつや」

財布をひっくり返した。

「君たちに飯でも食わしてやりたいが、この通りや。すまん。取りあえず貸してくれ。ご馳走したい」

「文無しにおごってもらったら、俺の名が廃る」

「今日は俺が出してやる」

「お前、昨日、財布の中身を全部出したのか？　あきれた奴や。どうして帰るつもりや？」

「今考えてる。アルバイトでもするか？　どこかあるか？」

「知るか、そんなこと。お前、奴らのため、あれだけの金出したのか。馬鹿」

「馬鹿は生まれつきや。それに、俺が君たちに頼んだのや。あの二人が頼んだわけではない。俺が礼をするのが当たり前のことや」

「こんな馬鹿な奴に会ったことない。馬鹿と喧嘩はできん」

智則はその夜、平助の家族と団らんをしている途中、思い出したようにインテリア関係の仕事仲間に電話を入れた。

「急な話で申し訳ないが、明日妹を連れて帰るから、女の子用のシングルベッドや布団の用意を頼む。夕方頃届けてほしい。部屋の片付けも手伝ってくれるとありがたい」

「智さん世話を掛けますな」と陽子の母親が申し訳なさそうに言った。

「いいえ。他に用意することなかったかな？　一応寝ることができればいいか。後はぼちぼち揃えるか。何しろ男の一人暮らしなもので…」


翌朝、智則は陽子を伴って大阪へ戻るため、車やカバンなどを用意していた。

陽子は既に用意していた自分の着替えや身の回り品を詰めたカバン、段ボール箱を車に積み込んでいた。積み終わった頃、暴走族のリーダーが寄ってきて、陽子に金を渡そうとした。彼には考えられない行動である。

「俺はあんなけったいな男に会ったことがない。底抜けの良い奴や。あいつの気風には、この俺も惚れた。俺が惚れてるお前も、あいつに譲ったんや。絶対離れるな。あいつを『兄い』と俺は勝手に決めたのや。奴の財布の中は空だ。大阪へ着くまで面倒見てやれ」

「ありがとうね。お爺ちゃんからも同じこと言われて預かっているの」

「いいから持っていけ、餞別と思って。奴を離すなよ」

「大阪で何かあったら俺に連絡しろ。俺たちが駆けつける」

「ありがとう」

智則は自分の荷物を積み終えると、車の点検をしてから運転席に着いた。

陽子の家族が口々に「お願いしますね」と挨拶をしていると、あの平助が目に涙を一杯溜めながら「智さん頼むな」と言って、智則の手を握った。車の中の二人は皆に頭を下げ、ゆっくり発車した。

「お弁当持ってきたのよ。今朝から作ったの。美味しいわよ」

「ありがたい。高速道路を使わなければガソリンは何とか持つだろうから、これでお腹も大阪まで持つ」

「智さんは皆に好かれるね。町の嫌われ者の暴走族にまで…」

「そうかい」

「名前は剛というんだけど、あのリーダーからもお金預かっているの。大阪へ着くまで面倒見てやれって」

「僕も哀れやな。暴走族に恵まれたのか」

「あの人たち、本当は良い人たちなのよ。智さんを『兄いと決めた』と言っていたわ」

「ハハハ、僕は暴走族の『兄い』か」

「ね、高速道路へ入ろうよ。大阪に早く着くよ」

「うん。せっかくの好意や、そうすることにする」

途中から伊勢自動車道へ入り、亀山から名阪国道へ入った。

「やっぱり早いね」

「うん。助かった」

車は大阪方面へ向かって走っている。

「お爺ちゃんをはじめ家族がね、今まで私を家から出さなかったの。智さん、よほど信頼されたのね。お爺ちゃん、滅多に人を信用しないのに。でもね、一度信用するとトコトン信用するみたい。自分の目に自信があると思っているのね」

「して、陽子さんは信用してくれるの？」

「さあ、どうかな？　でも、付いてきちゃった。智さん、責任重大よ」

「こりゃ大変だ。年齢だけでも言っておこう。二十七歳や」

「もっと若く見えるわ」

「そうかな。阿呆だから…」

二人は顔を見合わせて笑った。

「まだ何をするか決めてないの」と陽子は言った。

「慌てて決めることないけれど、何かしたいことあるの？」

「分からないの。取りあえず仕事を探さなくっちゃ。智則さんの仕事を手伝わせてもらいたいけれど？」と顔を覗いた。

「僕の仕事はすぐには手伝えないよ」

「どうすれば手伝える？」

「少し学習しなければ…」


上野ドライブインへ入って、陽子の作った弁当を食べることにした。

「こりゃ凄いや。随分手間が掛かったろうな」

「そうよ。ありがたく食べてね」

「朝早く起きたんやね」

「うん、今日は眠いわ」

「ありがたく頂く」

そう言って智則は、陽子の作ってくれた弁当を味わった。

「美味い。陽子さんは料理好きかな」

「お母ちゃんに教えてもらったの」

「良いご家族や。ご厄介になって、そう思った」

「気に入ってもらって嬉しいわ」

「食事が終わったらガソリンを満タンにして、大阪までひとっ走りや。陽子さんは寝てていいよ」

「ううん。眠くても、興奮して眠れそうにないわ。智さんを見たり風景を楽しみながら頑張るわ」

車は天理インターチェンジで西名阪自動車道に入り、松原インターチェンジより阪神高速道路へ。そして谷町にあるマンションに到着した。借りている露天の駐車場へ車を置いて荷物を持ち、エレベーターで最上階にある十階の自室へ辿り着いた。


「陽子さんの家に比べたら狭いだろう？」

「なかなか良いところじゃない。前にも言ったけど、私、都会のマンション暮らし、憧れていたの。お部屋も良いし。それに便利そうで…」

「陽子さんの家とは大分環境が違うよ。きっとすぐホームシックになって、潮の香りや潮の音がする故郷へ帰っちゃうよ」

「帰らないわ。いつまでも智さんにくっついてやるんだから」

「『信用しているかどうか分からない』と言っていたくせに」

「ふふふ」

「いつまで続くかな？」

「信じてないみたいね」

「まあいい」

「都会でこれだけのお部屋借りるの、高いんでしょう？」

「買ったのや」

「ええっ、凄い。でも、高いのでしょう？」

「まあね。家賃は要らないが、月の費用として、駐車場代、管理費、光熱費、通信費など生活費、それから買ってしまったから、固定資産税は要る」

「でも凄い。ご両親に買ってもらったの？」

「いいや。田舎は貧乏だよ。それに両親はもういない」

「そう、もうご両親はいらっしゃらないの。お会いしたいと思っていたのに…。智さんもかわいそう…」

「ありがとうよ。でも浜島に良い故郷ができたよ」

「話を戻すけど、じゃ、どうしてマンション買えたの？」

「おいおい分かるよ」

二人でそんな話をしているとチャイムが鳴って、智則の仕事仲間三人が陽子用のベッドを届けにきてくれた。

「紹介する。妹の陽子です」

すると陽子は「私、妹じゃないもの」と言った。

智則から電話で妹が来ると聞いていた仕事仲間たちはきょとんとしている。

「なら、言い直す。大切な預かりものやから」

「預かりものでもないもん」と陽子は怒ったように言った。

「じゃ、どう紹介したらいいのや」

「今のところ、陽子でいいです」

「それじゃ同棲と同じじゃないか？　今のところって？」と仕事仲間は言った。

「同じ屋根の下に暮らすことには違いないが、ちと違う」と智則が言う。

「ベッドはダブルでもよかったのに」と陽子が言った。

「ええっ」と智則はびっくりした声を出した。

「じゃ、このベッドどうする？」

「智さんのベッドルームへ運んで、くっつけておいて下さい」

仲間たちはニヤニヤしながらも、陽子の指示に従ってどんどん作業を進めていく。

智則は唖然として、口を挟む暇がなかった。

そんなこんなで陽子の部屋に予定していたスペースが空いたので、そこへ書棚、パソコン、事務机、プリンター、電話機、そして簡単な応接セットを移動させた。配置を終えるとコンパクトにまとまった仕事場に変わり、今まで仕事にも利用していたリビングが広々とした空間になった。

「これなら小さなパーティーでもできそうやな」と仲間の一人が言う。

「ここまでしていただいたら、あとは私がします」と陽子。

「彼らは仕事仲間や。おいおい紹介するよ」と智則は陽子に言った。

「しかし、陽子さんは素晴らしいインテリアコーディネーターや。智則の出番はなかったな」

そう言って仲間の一人が笑った。陽子は「あとはカーテンも必要ね」などと言いながら、二人で暮らす空間を頭に描いて楽しそうに考えている。

取りあえず家具の移動が終わったので、仲間たちは帰っていった。陽子はなおも細々と動き、部屋の整頓をしている。

「智さん、ここで仕事するの？」

「うん」

「私も早く手伝わせて」

「慌てなくてもいいよ」

「でも、早くお手伝いしたいの」

「僕の仕事は、インテリア設計と、委託された商品のデザイン設計、それに色々あるので、これもおいおい分かってくるよ。陽子ちゃんと言ったほうがいいかな？」

「陽子と呼んで下さい」

智則は戸惑いながらも「じゃそうするよ」と応えた。

「私もここでお仕事するのね？」

「パソコン使えるか？」

「一応使えると思います」

「それはよかった。もう一台パソコンを買うことにする。それに仕事の前に色々覚えてもらわなくてはならないことがある。建築、インテリア、インテリアコーディネーターなどのイロハや図面の書き方など、車の中で『学習』と言ったことや」

「はい。早く覚えます。どうすればいいですか？」

「まず、僕の進める学校へ行ってほしい。家事もしてもらうから大変だと思うが」

「はい。明日にでも行ってみます」

「学費や家のまかないなど、お金はこれを使ってほしい」

そう言って銀行のキャッシュカードと暗証番号を陽子に手渡した。

「市場やスーパー、駅、食べ物屋など、今夕、食事に出たときにでも案内する」

「はい」

自分を信頼して銀行のキャッシュカードを渡してくれて、家のまかないなど全てを任された陽子は、〈これなら妻と変わらないではないか〉そう思って嬉しくなった。


「近くの飯屋に行こう」

そう言って二人は外出した。行きつけの食堂に入ると、マスターが智則の顔を見て親しげに声を掛けた。

「いらっしゃい。今日はお連れさんですね、ありがとうございます」

一方、いつも愛想の良い女子店員は急に顔を曇らせた。

「今日はいつもの元気がないな」と智則が言うと、「そうですか」と喧嘩でも挑んでくる口調になった。側を通り際、彼女は智則の足を蹴飛ばした。

「ごめんね。つまずいたのよ」

そう言ったものの、顔は謝っていない。陽子はその様子をしっかり見ている。

「私を連れてきたから怒っているんやわ」と智則の耳元で囁いた。

「そうかな」

「これから気を付けたほうがいいわよ。女の勘よ」

「ああ、そうする」

「明日から、ここに来なくても私が作るから」

「ありがとう。全て陽子に任せたのだから、好きにやってくれていい。僕は仕事に専念できる」

陽子はコップの水を口にするなり、「大阪の水は不味い」と言った。

「もう里に帰りたくなった？」

「いいえ」

食後、約束していた駅、スーパーなどを大まかに案内して自宅に戻った。

智則が風呂に入っている間に、ベッドメーキングなど素早くして、自分も風呂に入った。二人で少しテレビを見ていたが、疲れが出てきたようだ。

「今日は疲れた。もう寝るよ」

「私も」

智則はベッドに横になったが、くっつけて置かれた陽子のベッドが気になって落ち着かない。そのうち陽子も可愛いらしい夜着に着替えてベッドに横たわり、智則のほうをじっと見ている。智則は布団を頭から被り、興奮を鎮めようとした。〈正式に夫婦になるまでは手を付けてはいけない〉と、自分に言い聞かせたのである。

# 二、　街の明日

　翌朝、智則は日課にしている自分流の体操をしてから食卓に着いた。

　昨日、スーパーに寄ったときに購入した食材で、陽子は早々と朝食の支度をし、智則が起きてきた頃にはテーブルに料理が並べられていた。二人で仲良く朝食を取りながら陽子に告げた。

「僕は食事が終わったら仕事で外出するから、陽子は昨日教えた学校へ行って入学の手続きをしておきなさい。スペアキーはここに置いておくから」

　そう言って食事を済ませた智則は、いつも通り出かけていった。


　智則は得意先で打ち合わせをした帰り、駅に向かって歩いていた。

「山野智則さんじゃないですか？」

　そのように聞こえた。声がするほうを向くと、小柄で可愛らしい若い女性が智則を見て立っていた。

「あ、優子さん」

「覚えていてくれたのですね」

そう言って女性は泣き出した。

「どうしたの？」

「だって、急にいなくなってしまうんだもの。あんなに優しくしてもらっていたのに」

「ごめんね。仕方なかったんや。社長と折り合いが悪く、辞めることになったんやけど、他への影響を考えて、気付かれずに辞めるように社長に頼まれたのや」

「最初はお休みかなと思ったのですが、そのうち皆が気付きだして、辞められたことを知りました。そのときはご住所も変わられて、私、一所懸命探しました。でも分かりませんでした」

「そうでしたか。すみませんでした」

「二年以上経ったのですものね」

「もう、そんなになりますか。懐かしいな。忙しくて時の経過は分かりませんでした」

「でも、私の名前覚えていて下さったのですね。私が入社して短い間だったのに」

「そりゃ忘れませんよ。飛び抜けて可愛らしかったもの。短大出てすぐだったね」

「ありがとう。私と一緒に入った同期の人たちは山野さんが辞められて、まもなく皆辞めました。私も今、別の会社へ行っています。でも、山野さんのような優しい人は一人もいません」

「そうですか…今日はまだ仕事の途中なもので、またいずれお会いしましょう」

「連絡先だけでも教えていただけませんか？」

智則はメモ帳に電話番号を手早く書いて、その場を離れ、他の得意先へ急いだ。

方々の仕事を済ませ夕刻自宅へ戻ると、陽子は入学の手続きを終え、夕食の準備をして待っていた。

「今日何人かから電話があって、そこにメモして置いておきました。その中に優子とかいう女性から電話があって、私が出たものだから、何だか慌てていらっしゃる様子でした。智さん、心当たりは？」

智則は考えるふりをして首を傾けた。そして、今後何か起こらないでは済まない予感がした。

「家の周囲、少しは分かったかい？」

「はい、もう大丈夫です」

「それはよかった」

「学校も申し込んできました。費用が結構高額でびっくりしました。出していただいて、すみません」

「気にしなくていいよ。陽子の手に職が付くし、僕にとっては将来への投資さ」

それから智則は何処へも出かけず、夜も遅くまで自宅のパソコンに向かって仕事をしていた。陽子から見たら、怠け者どころか話しかけるのも気が引けるほどの集中ぶりである。

陽子はカーテンなどを取り替えようやく室内も片付き、次第に新しい生活も慣れてきた頃だった。九月になり、陽子の入学の日がやってきた。

学校の受付では何人かが手続きをしていた。この学校は勤め帰りの女性が多い。夜の授業は六時から始まる。ＣＡＤ〔computer aided design（コンピューターを利用した設計製図）〕、三次元ＣＡＤ（three dimensional CAD）を使う建築製図やパース製図〔perspective view（透視図）〕の半年コースである。学校は難波にある。今日は初めての授業で、教材を渡され教室に案内された。席に着くと、生徒たちは講師が現れるのを緊張しながら待っていた。席は自由で、十人あまりいるだろうか。皆、名札を付けている。

「こんばんは」

聞き覚えのある声がしたかと思うと、教室に入ってきた講師を目にして、陽子は思わず声を出しそうになった。すると講師から「牧陽子さん」と言われ、「ハイッ」と陽子が返事をすると、「これ、事務所から」と一枚のコピー用紙を渡された。見ると『学校では知人でない振る舞いをして下さい。お願いします。智則』と書かれてあった。

陽子は〈前もって、言ってくれればいいのに〉と怒ったような表情で大きな目を開いたまま智則を睨みつけ、瞬きもしなかった。

〈こりゃ、後で大変なことになるな〉

智則は受講生を見渡し改めて「こんばんは」と挨拶をすると、受講生からも「こんばんは」と言葉が返ってきた。しかし陽子は睨みつけたままである。

「今日から始まるわけですが、僕は非常勤講師の山野智則と申します。よろしくお願いいたします」

そう言って自分の氏名を黒板に書いた。

「手渡された教材、全て揃っているか確認して下さい」

揃っているという返事があちこちから返ってきたが、陽子はまだ睨みつけている。女の睨みつけている顔はどうも色っぽく見えて、眼をそらせてしまう。

「事務所から頼まれていて、言い忘れていました」

智則はそう前置きをして、陽子に『そう睨みつけないように、陽子に睨まれると授業が進めにくい』とメモ用紙に書いて渡した。

「それでは始めるにあたって、オリエンテーションとして今後の進め方や動機付けのため、少し話しておきます」

そう言って次のようなことを話した。

「まず製図について説明します。図面は考えていることを他の人に伝える手段であって、絵、文字、言葉…どんな方法でもよいのですが、絵で伝えるほうが間違いが少ない。ただ普通の絵と違うのは間違いがないよう、誰にでも通用する共通な規格があるということです。JIS（日本工業規格）やISO（国際標準化機構）等があるわけですが、経済の国際化もあって、JISはISOに合わせているところが多いのです。JISの中にも機械、電気、建築、土木、造船、化学…分野は多く、それぞれに規格はあります。これらの規格も国際化や科学技術の進歩とともに常に変わっていっているので、『せっかく覚えたのに』ということもあります。ISO化と言いましても、国によってかなり違います。例えばアメリカは米国国家標準協会（ANSI規格＝American National Standards Institute）を使っています。アメリカが優先されるため、テレビやパソコンのディスプレイの大きさもインチですよね。皆さんがよく知っているゴルフの距離もフィートですね。当然規格の表示方法も違います。単位もcgs（centimeter-gram-second）からSI単位（＝International System of Unit）になりました。国際単位系で換算表を見なければ一口で言い表しにくいものです。皆さんもITという言葉をよく耳にされると思います。インフォメーションテクノロジー（information technology）のことですが、製図の分野にもIT革命の波が押し寄せてきて、これから皆さんが勉強しようとしているCAD、3DCAD、パースもそうです。これらは大工で使う鋸や金槌と同じ道具に過ぎないのですが、習わなければ使えないという矛盾は僕も満足できません。それだけ未だ不完全だということです。これらも以前と比べ、随分と進歩して使いやすくなりました。日進月歩で使いやすくなっているということです。ソフトにも色々あるのですが、今は家庭にあるコンピュータにソフトを入れれば、ＣＡＤなどで図面が描けるようになりました。それにソフトも随分安価になりました。言い換えると実力がついて、仕事さえあれば家庭でも仕事ができるようになったわけです。そして図面を持ち歩かなくても、電話線、光ファイバーなどで送ることができます。なお、その上に３ＤＣＡＤに表して回転させることもできるし、また建築の場合ウォークスルー（walkthrough）といって、建物の中を歩いて内部を見ることもできます。商品のモデリング（modeling）も、３Ｄプリンターで簡単にできるようになりました。描いた形に模型を作ることもできるということです。これらは離れた場所にいても、電話線や光ファイバーでデータを送ればいいわけで、ＩＴのおかげでスピードアップ、コストダウンが図れるのです。これらは慣れた人がすることで、今からやることはその基礎の基礎の学習です。何事も基本が大切です。無駄なことは一切省き、最短距離で進めたいと思います。進め方もホップ、ステップ、ジャンプでやっていきます。せっかく僕のクラスになったのだから、今後サイエンスの例を挙げ、あるいは全然関係ないものなどからも引用しますので、皆さんが自分で勉強して、自分で仕事ができるように、物の考え方なども紹介していきたいと思います」

相変わらず陽子は睨みつけている。

「今後の進め方は配布しました。プログラム通りに進めます。短い間にこの本一冊と他の教材を使うのですから、大変忙しいです。休まないようにして下さい。この中には大学の工学部の方、もう仕事をしていらっしゃる方、初めての方など様々です。はじめは当然差はあります。しかし僕の進め方に従っていただければ、基礎理論と、こと描くことに関しては、このコースの終了時には遜色なくなります。時間が足りません。この六ヶ月、課題を出しますから、できれば家でも学習して下さい。教科書は同じように進めますが、実技は本人本位です。人によって進行度合いは異なると思いますが、必ず図面は描けるようになってもらいます。落ちこぼれは出さないつもりでいます。質問は何回してもいいです。高価な受講料を決して無駄になさらないようにして下さい。僕は自分で何かするとき、いつも元以上の収穫になるように欲深く取り組むよう心がけています。皆さんもお金を払うときは勿体なく思い、頑張ろうと努力しようと思うのですが、いつの間にかそういう意識が薄れてしまい、怠け癖が勝ってきがちです。がめつくお金に執着して下さい。このコースの終了後、あるいは途中から、僕も想像が付かないような会社に就職なさっている方もいます。その他、伝えておきたいことなど、おいおい話していきます」

　そんなふうにして初めての授業を終えると、智則と陽子は自宅に帰り着いた。

「前もって言ってくれればいいのに」

「少し悪戯しようと思って、でも、そんなに怒るとは思わなかった」

「驚かせて、楽しんで、悪い趣味」

「当たり前では面白くないものな」

「早速意地悪して、うちのお爺ちゃんみたい。お爺ちゃんが気に入ったわけが分かったわ」

「ごめん、ごめん、もう堪忍してくれよ」

「では、その償いをしなさい！」

「何をすればいい？」

「夕食は食堂じゃなくて、お家で私と一緒に食べること。そして私を心斎橋に連れて行くこと」

「分かったよ」

「ホント？　実を言うとあれは楽しかった。ビックリしたけれど」

「今度は私が悪戯してやろうと思ってね」

「君のほうが上手《うわて》だよ。授業中も綺麗な顔で色っぽい目をして睨まれ続けたら、悩殺されてしまうよ」

「悩殺？　私、そんなに綺麗に色っぽく見えた？」

「うん。君こそ、お爺ちゃんに似ているよ。きっちりお返ししているのだから」

「一緒にしないで、私は女よ。ま、いいか。似た者同士か？　でも、私のために演出してくれたのね？　粋なことするね」

「そうさ、僕は演出家だ」

「威張ってる。お爺ちゃんそっくり」

「でも、必ずお返しするからね。倍返しでは済まないかもね」

「執念深いね。もう堪忍してよ」

「でも、楽しいでしょ」

「身が持たないよ」

「学校の受付や事務員さん、綺麗な人が多いわね。服装や化粧も垢抜けしているし、皆さんとお話するのでしょう？」

「カリキュラムや予定など、仕事の打ち合わせなどね」

「他には？　デートはしないの？」

「したことはない」

「したいのじゃない？」

「うーんどうだろう。魅力ある人もいるしね」

「まあ！　ここへ来て少しの間に、電話の女性に食堂の人、学校の人まで見たけど、何だか周囲に女性が多いね」

「仕事も食べることも僕の生活の一つだし、仕方ないね」

「テレビ見ていても、智さんはニュースや経済番組、ＮＨＫ特集などで、あまり娯楽番組見ないね」

「これも生活の糧になるのだから」

「生活の糧に？」

「そのうち分かるよ。このマンションだって買うことができたのだから」

「ええっ！」

「お金になる種は、そこら中に転がっているのだからね」

「ふーん」

「僕だって、気に入った時代劇など娯楽番組も見ることがあるよ。僕の見る番組は陽子にとって退屈かもしれないが…」

「これからは私も慣れてゆくわ。智さんと一緒にいるだけでも、新鮮で勉強になるのだもの」

「先ほど女性の化粧の話をしていたけれど、あまり化粧は感心しない。若い女性は素肌が美しいし、化粧は肌を悪くする。でも、紫外線だけは注意したほうがいいと思う」

「ありがとう。注意するわ」

陽子は智則が専門の仕事以外に、インターネットで経済や企業情報などを見ていたり、サイエンスや文学にも興味を持っているらしく、常に暇がない姿を見ている。志摩の普通の人たちの何倍ものことをしているように思えた。そして学校で喋ることを前もって調べているわけでもなく、脳に溜めていることを話しているのではないか、そうも思った。

「今日の悪戯のお詫びに、近いうちに心斎橋へ連れて行くよ」

「ほんと。嬉しい！」

「あそこには女性が好む色々な品物、商店や参考になる綺麗なインテリアもある」

「わあー　楽しみ！」


授業も何日か経ったある日、講師の智則が言った。

「これから少し余談をします。息抜きのつもりで気楽に聞いて下さい」

みんな手を休め注目していると、智則はこんな話を生徒たちに聞かせた。

「少しコンピューターの話をしておきましょう。もうご存じの方もいらっしゃるでしょうが、コンピューターもソフトウエアーを入れなければただの箱。ソフトウエアーと言いましたが、今あなた方が使っている図形を描いたり、文字を書いたり、インターネットができるのもソフトウエアーのおかげです。これらはアプリケーションソフトと言います。そしてパソコン、つまり機械でアプリケーションソフトを使えるようにするソフトがＯＳ（operating system）です。このＯＳがあるから、ゲームなど様々なソフトが利用できるのです。ＯＳの種類は色々ありますが、あなた方が今使用しているパソコンの多くはマイクロソフトのウインドウズです。今はアメリカのウインドウズに世界中席巻されていますが、日本の名誉のために少し話しておきます。アメリカに先んじて、日本で生み出されたコンピューターのＯＳがあったのです。アメリカとの政治のやりとりで、政治家や官僚の認識不足や力の無さから、ＰＣ用の日本のＯＳは封印されてしまったのです。日本が封印されている間に、アメリカがウインドウズを作り上げ、世界を席巻したのです。悔しいですよね。その日本で生まれたＯＳの名は『トロン』と言います。ウインドウズよりも安定していてセキュリティーにも強く、素晴らしいソフトなのです。現在では封印も解け、携帯電話などにも使われています。工作機械や乗り物、医療機器など、問題が発生しては困るところに使われていることが多いのです。ついでまでに、国家のことや重要機密事項はトロンでなくても、それら専用のＯＳやアプリケーションソフトを作って、内部専用に使ったり、仮に外部に持ち出されても、出回っているパソコンではファイルを開くことはできないし、完全とまでいかなくても、かなりセキュリティーが高まるのではないかと考えられます。『トロン』は一九八〇年代後半、東京大学の坂村健先生がリーダーとなり、一九八四年、公的にトロン・プロジェクトを立ち上げて作られたものです。この研究者の多くは日航機墜落のときに亡くなられたようです。こんなコンピューターの世界にも政治の力が働いていたのですよね。日本にこのような素晴らしい技術があったにもかかわらず、パソコンの世界ではアメリカの風下に立たされ、以後、経済的にも大きく影響したのです。技術も政治力と密接な関係があるのです。これは自由競争を主張するアメリカには反するやり方で、他にも鉄鋼、自動車、半導体など、アメリカ政府の圧力に屈した例はたくさんあります。『日本人のサイエンス頭脳の素晴らしさは、誇ってもいい』ということを言い添えて、余談を締めくくります」

ある日のこと、智則は陽子と二人で歩いていた。

「あら、素敵な人。この頃全然顔を見せてくれはらへんと思っていたら、ご結婚なさっていたのですね？」

「早合点しないで下さい」

「なら、そのお方はどなたですか？」

「妻です」陽子は恥ずかしそうな素振りをして言った。

「あら、あら、ごめんなさい立ち入ったこと申しまして」

「忙しくて、行く暇がなかったのです。そのうち寄らせていただきます」

「お待ちしています。では…」

そう言って女性が立ち去ると、陽子は智則を睨んで言った。

「今の人はどなたですか？」

「喫茶店の店主です。前にも言いましたが、食事したり、お茶を飲んだり、仕事の打ち合わせをしたり、僕の生活の一部です」

「それだけかしら？　あの方、智さんに気がありそうな…」

「しかし、思い切ったことを言ったものやな。妻ですって…」

「あれで、ちょうどいいぐらいよ。あれぐらいのこと言わなければ面白くないもん。でも、智さん慌てなかったね」

「でも、突拍子もないこと言うから驚いたよ」

「これでも、あのときのお返し全部済んでないよ。まだ残っているのだから…」

「お手柔らかに」

「私たち、もう夫婦と同じじゃない。でも、私を求めないのは魅力がないから？」

「僕を信頼して下さったご家族のためにもケジメをつけなければね。陽子を目の前にして僕も我慢しているんだよ」

「智さんは桁外れの石頭。ケジメや我慢なんかすることないのに。お爺ちゃんも言っていたでしょう。煮て食おうと焼いて食おうと好きにしたらいいって。子供連れて帰ってもいいって…」

「僕の頭の中は混乱しているよ」

「毎日混乱させてやるから…」


智則が仕事の都合で、ある会社から教室へ直行しようとしていた。電車を降りて外に出ると雨が降っており、どうしようかと思案していると「よろしかったら、お入りになりません？」と、後ろから受講生の女性に声を掛けられた。

「ありがとう。助かりました」

そう言って最寄りの駅から教室のあるビルまで傘に入れてもらうことになった。

傘を持った智則が女性を保護する恰好で話しながら歩く姿は、まるで恋人同士の相合い傘のように見える。少しの差で後ろから来た陽子は、偶然その様子を目にしてしまい、心穏やかではいられなくなった。さらに追い打ちをかけるように教室での女性たちの言動が陽子の気持ちを一層高ぶらせた。

女性の多くが智則に色目を使ったり、甘えた声で話しかけたりしている。「先生の電話番号教えて下さい」と、問いかけたりするのである。

「受講生の方に直接お答えすることはできません。事務所のほうへお申し出下さい」

智則はそう言ってかわしていたが、陽子はハラハラしながらなりゆきを見ていた。


日曜日の午後、二人で出かけた。

陽子は智則の二の腕に手を組んできた。腕を抱き込んで、ピッタリくっついて歩いている。胸の膨らみが時々腕に当たる。陽子より智則のほうが気を遣う。

「心斎橋の人混みの中を一度こうして歩いてみたかった」と、陽子は言った。

浜島の漁業の町から来た陽子にとっては、心斎橋や難波の人混み、隙間なく続く色々な店や綺麗な洋服のショーウインドウなど全てが新鮮で、楽しくてたまらない。

「僕は女性と歩くと、梅田のような混雑しているところでも知人と会うんだよ」

「私とじゃ都合悪い？」

「そうじゃないよ。受講生に見つかれば噂になってしまう」

「噂になるの嫌？　私は構わないわよ」

「女性はうるさいからね」

「今まで二人で歩いた女性は？」

「会社に勤めていた頃、会社の娘と偶然本屋で会って梅田を一緒に歩いていたときに職場の人と会ったことや、一歳下の従妹と京都の植物園に行ったら職場の人と会って、写真まで撮られ噂になったことがあるよ。京都は場所が場所だけにね」

「本当に従妹？　従妹でも好きだったんじゃない？」

「そう絡むんじゃないの」

「でも…」

ショーウインドウのウェディングドレスを見ながら、陽子は智則に眼差しを向けた。

「まあ可愛らしい…私も着てみたい」

「よく似合うよ…お姫さまみたいに」

「本当に？」

「うん、きっと」

「嬉しい」

立ち並ぶショーウインドウを眺めながら、時折店内のショーケースも見に入る。

アクセサリー店で陽子は目を輝かせて、あれこれ見回している。

智則は、陽子に似合いそうな淡いピンクの真珠と小さな宝石の付いた美しくて上品な指輪をケースから出してもらった。

「どう、陽子の指に合うかい？」

「わー綺麗」

そう言いながらも、陽子は思いがけない智則の行動にキョトンとしている。

智則が〈はめてごらん〉と目で促すと、「はめて」と陽子は左薬指を差し出した。

「家でも真珠は生産しているけど、こんなに綺麗になるなんて。婚約指輪みたい」

そう言いながらはしゃぐ陽子を見ていると、智則も思わず笑顔になり、〈安物でもこんなに喜んでくれて〉と嬉しかった。

「それにしても高価になるんやねー」

「流通、デザイナー、加工、商店など、色々な人の手を経ているから陽子の家で生産しているときより価値が上がるのや。それで皆生活《みんな》しているのや」

アクセサリーを買って店を出ると、二人でそんな会話をしながら歩いた。陽子は相変わらずショーウインドウを見ては、「まあステキ！」の連発である。難波も心斎橋も若い女性のための街のように、彼女たちが喜びそうな店がたくさん並んでいた。

「あっ、プリクラ、ね、撮《と》ろ、撮ろ」と智則を促す。

「ツーショット、撮っちゃった」と言って、自分の手帳と智則の手帳にそれぞれシールを貼り付けた。

「お腹《なか》、空《す》いたね。夕食にしよう。何が食べたい？　若い女性の行きたいところ、分からなくって」

「智則さんのいつも行くところへ行って見たい」

智則は酒を飲まないくせに、居酒屋へ行くことが多い。新鮮な魚があるからである。その中の一つに向かった。

「浜島のように新しい魚ではないよ。でも種類は多いんだ」

そう言ってお目当ての居酒屋に入った。

「いらっしゃい。あれ？　珍しい。今日はステキなお嬢さんと一緒？」

店に入ると店員の一人が智則に声を掛け、気を利かせたつもりで二人だけになれる席へ案内した。店員の言葉は、陽子の聞きたい、期待していた言葉であった。その言葉に安心し、嬉しかった。そして店内を見回して言った。

「智則さんがここのお店を好きな理由、私、分かるような気がするわ」

席に着いた陽子は指輪を方々から眺めたり、プリクラの写真を見て喜んでいた。

「私の宝物」と、何度も言った。

「女ってね、お金をもらうより、こんなプレゼントやお花が嬉しいものなのよ。嬉しいわ。ありがとう」

「喜んでくれて嬉しいよ。陽子の家で作っている真珠も、こんなふうに綺麗になってたくさんの女性を飾るんだよ」

「今日は夫婦というより恋人気分。やっぱり…」

「やっぱり何？」

「秘密…ウフフ…」

「?……」

水槽の魚を見て智則が言った。

「水槽の魚も、さばかれているのを見たら怖いやろな」

「分かるかしら?」

「分かると思うよ」

「タコは瓶の中の獲物を捕るのに、人がねじの蓋を外す様子を見ていて、それを学習し、足を器用に使って開けたのをテレビで見たことがある」

「何だか食べるのがかわいそうになってきたわ」

智則は外出しないときには部屋に閉じこもり、パソコンの画面に向かっている。

そして一度パソコンに向かうと、時間など関係なしに、完成するか、区切りが付くまで没頭する。陽子が声を掛けても取り合わないばかりか食事もしない。その世界に入り込んでいるのである。

時によって作業内容は違う。工業デザイン（商品のデザイン）やインテリアデザインが中心であるが、インターネットを利用して、経済や企業情報なども貪欲に吸収しているのは、普段の仕事以外に生活の糧になるものを探すためである。智則が集中しているときには、さすがの陽子も声を掛ける隙さえないこともある。今まで見たことのない智則の様子を見て、これが仕事に対する本物の姿勢だと陽子は知った。

ある日、授業と授業の間に女性たちがいつものようにお喋りをしていた。

「私、背中のファスナー、下ろされていたことあるんよ。あんな恥ずかしい思いする電車はもう嫌」

「あんた色っぽいからよ」

そこへ、智則がお喋りの輪に入ってきた。

「僕にも下ろさせてよ」

「どうしようかな…でも、他の人がいないときにね」

智則は適当にあしらわれている。こんな話ができるのも陽子のいないときである。女性たちは智則に対して友達か恋人のような感覚で会話をするが、男性たちは講師と受講生という立場を考えて節度を保っている。

昼間の授業が終わり、最寄りの駅に向かって歩いていると、ある女子受講生が智則を追ってきた。

「先生」

「あっ、ビックリした。後ろにいたんやね」

「ちょっと脅かそうと思って。この前、ディズニーランドへ行ってきたのよ」

「どうだった？」

「とても楽しかった」

「それは良かった」

「先生は行かないのですか？」

「僕はあのようなところは苦手なのや。小さい頃から遊園地にも行ったことがない」

「かわいそうに」

「そうか？」

「あんなに楽しいのに」

「彼氏と行ったのですか？」

「女の友達と二人で。ホテルの部屋も二人で使うと安くなるの」

「ベッドも一緒ですか？」

「そう」

「なんだ女同士でベッドに入っても、ちっとも面白くないでしょう？」

「ま、先生ったら」

「ごめん」

「私の胸大きいでしょ？」

「いつも気になっている」

「先生もエッチですね」

「仕方ないよ。目に付くのだから。机の上に預けているが、重いのか？」

「意識したことないけど。でも、お風呂に入ってもプカプカ浮いて困るんよ」

「そうゆうこともあるのか？」

「友達がいつも挨拶代わりに私の胸を触るんよ。『自分の胸も大きくなるように』だって」

「僕も触れさせてよ」

「駄目」

二人は歩きながら馬鹿話をしている。

「僕の手があなたのブラジャーの代わりをしてもいいよ」と智則がふざけて言った。

「まっ」

少し間を置いて、言いにくそうに「こんなところじゃ…」と言った。

「二人きりならいいということ？」

「ふふふ」と、少し智則をからかうように意味ありげに笑った。

「こんなチャンス滅多にない。今からホテルでも行きたいけど、まだこれから仕事に行かなければならない。ああ残念、残念」そう言って逃げた。

「ふふふ…」

彼女は色っぽく笑い、「先生汗かいてる…可愛い。先生大好き」と言って、二の腕に抱きついてきた。

〈こんなところ、陽子に見られたら大変。もう独り身ではないのだから…今までとは違うのだから…言動に注意しなければ…〉


ある日、陽子からこんな話があった。

「浜島の剛ちゃんから電話があったの。魚を持って仲間を連れ、こちらに来るというの。どうする？」

「剛ちゃんって暴走族のリーダーか？」

「そう」

「来てもらえばいい」

「暴走族よ。本当にいい？」

「うん。大事ない。このリビングでパーティーをすればいい。でも、陽子は料理に忙しくなるぞ」

「任せておいて」

「そうだ。学校関係の女性たちも呼ぼう。浜島の彼らも喜ぶだろうし」

「この前、電話でお爺ちゃんに『智さんの周りは垢抜けした綺麗な女性が多いから気が気でないの』と言ったら、『陽子も頑張れ』だって」

「お爺ちゃんらしいな。顔が浮かぶよ。で、頑張ってくれる？」

「もうー」

「陽子のほうが魅力があるよ」

「ホント？」

「話を戻そう。ガレージも用意しておかねばならないね。浜島との連絡は陽子がしてくれないか？　魚の量や種類もあるだろうしね。それに、こちらでも食料の調達が必要だし」

「彼らにも手伝わせるわ。皆喜ぶと思うわ。きっと」

「そうだね。皆で用意すればいい。でも、僕はこういうこと苦手で何をしていいか分からないから、それも陽子が考えておいてくれないか…」

「うん。分かったわ。テーブルや椅子も足りないわね」

「折りたたみ式がいいな。仕事仲間に相談してみるよ」

「食器は浜島の家から持ってきてもらうわ」

　一週間ほど経ったある日、浜島から若い男子五人と一緒に平助もやってきた。皆、智則と陽子の住み家を気に入っているようだ。

　学校関係の女子四人、仕事仲間二人、広くなったとはいえ、マンションのリビングにしては多すぎる人数になった。

「陽子、美しゅうなったな」と平助や島の若者たちが口々に言った。

「お前たち、もう夫婦になったのか？」と平助が陽子に尋ねる。

「『ケジメを付けるんだ』と言って、あの石頭が…」

「ハハハ…」

「僕はこのような場の差配は苦手や。剛さん進行役頼むよ」

「おう、引き受けた。任せておけ」

「ここは禁煙だから、それだけは守ってくれないか」

「分かった」

　皆で協力し合って何とか形が整った頃、剛が他の若者たちに何やら指示した。

「おい、やるぞ」

「オー」

「それ、ヨーイヤサ」

　持ってきた小太鼓をばちで叩いて囃子たてる。

トントコトン、ヨーイヤサ。トントコトン、ヨーイヤサ。

気分も乗ってきたところで、平助が「智さんと陽子の結婚式だー、ヨーイヤサ」と言うと、皆も呼応するするように「ええーっ、ヨーイヤサ」と続いた。

智則と陽子は一瞬緊張したが、皆につられて拍子を取る。

「もう一つおまけに、ヨーイヤサ」

いよいよ皆が盛り上がってきた頃、隣から「喧しい」と苦情を言われてしまった。

智則はご近所に謝った後、彼らにこんな提案をしてみた。

「もし、よろしければあなた方も入っていただけませんか？　伊勢志摩から新鮮な魚貝類を持ってきてくれたので、皆様方にも召し上がっていただきたいのですが…」

そう言って、智則は彼らも仲間に入れてしまったのだ。

意外な展開で、思いがけなくご馳走を振る舞われることになった近所の人たちだったが、目を丸くしながら大きな伊勢えびや魚貝類など活きのいい海の幸を味わった。

食事が進むにつれて、それぞれがグループになったり、個別に会話をし始めた。

「美しい女の人たちがいてくれて、俺たち恥ずかしいのう」

初対面で緊張していた浜島の若者と学校関係の女性たちだったが、双方とも嬉しそうだ。階下の住人に対しての迷惑を考え、踊りこそ控えたが、賑やかな中にも秩序があって、皆が楽しめた良いパーティーになった。

囃子に合わせて智則と陽子を結婚させてしまった平助も、終始上機嫌であった。

「ありがとう。ありがとう。もう心配はない」と智則に何度も言っている。二人の生活や住まいなどを見て、全てに満足していたようだ。

調理器具や食器類、家具、食材など結構多く集まったが、誰が言うともなく手分けして後片付けをし、夕刻を過ぎた頃に皆が引き上げていった。そして浜島の若者たちも帰っていく。

「また来るからな。浜島へも時々は顔を出せよ。伊勢えび祭もあるしな」

「ああ、ありがとうな」と智則は答えた。

「陽子、頑張れよ」

「うん。今日はありがとうね」

皆が引き上げると、潮が引いたように静かになった。

「お爺ちゃんも楽しそうやったね」

「うん。良かった」

「どさくさに紛れて私たち結構させられちゃったけど、ご機嫌だったね。智さんもケジメ付いたでしょう？」

「う、うん」照れたように答えた。

「智さんはパーティーのようなことは好きでないようだから、疲れたでしょう?」

「よく分かるね」

「仕事しているときや、考えに耽っているときが一番さまになっているもの」

「そうやね。そのときのほうが疲れない」

「何時間でも続けるしね」

「そうかな」

「今日はもう風呂に入って寝るよ」

「私もそうするわ」

智則は風呂から上がってベッドに入ったが、昼間の慣れない興奮で、すぐ寝付けなかった。そのうちに陽子も入浴を終えて寝室に入ってきた。

「智さん、もう寝た? 今日は智さんのベッドへ行くね。いいでしょう?」

「やっぱり、シングルじゃ狭いようやね」

「ベッドは私に任せておいてよ」

「今日は我慢はしないことにするよ」

「うん」陽子はそう言いながらも震えている。

智則は今までの我慢を解き放ったように、陽子を激しく求めていった。

明くる朝、陽子は人が変わったように、新妻らしく振る舞うようになった。

その日の夜、学校の事務所で女子職員たちと話をしていた。今日は陽子も出席する。

「昨日のパーティーありがとうございました」

「型破りなパーティーでしたね」

「この僕もどうなるか見当がつかなかった」

「先生、陽子さんを奥さんにしたのですか？」

「どさくさに紛れて平助爺さんが決めてしまったな」

「先生と打ち合わせなかったのですか？」

「僕も陽子もビックリしたんや」

「それじゃ、まだご結婚をなさったのではないのですね？」

「そんなら私にも資格があるんやわ」

「私もよ」

「いいや、もう決まったみたいや」

「みたいやってどういうことですか？」

「ま、そういうことや」

「私たち、先生を狙っていたのに、なんだか鳶に油揚げをさらわれたみたいやわ」

「言ってくれるのが遅いよ」

「あ～あ」

「陽子には今まで通り、変わらないように接してほしい」

「無理言わないでよ。当たるかもしれないわよ」

女子職員たちは口々に言いたい放題言っている。

「他の生徒さんたちにはバレないように頼みます。授業に差し支えるから」

「それは守るけれど、生徒さんの中には先生に好意を持っている女性もいるみたいですよ」

「困ったな」

「嬉しいくせに」

「そう攻めないでよ。志摩の若者たちは皆さんを気に入って、また来るそうだよ」

「ええーっ」

「でも、良い若者たちや」

「先生は志摩の人ですか？」

「いいや、ふらーっと出かけて仲間になったんや」

「先生らしいわ」

そろそろ授業が始まる時間だ。智則は教室へ向かっていった。

# 三、人生方程式

挨拶をして出席を取った後、智則が言った。

「今日は数学の基礎を入れます。図面を描くために数学が必要な場合も出てきます」

「ええっ、学校を卒業して、やっと解放されたのに…」と生徒の一人が言った。

「そんなに深刻に考えることではないですよ」

「お手柔らかにね」と甘えるような声が聞こえる。

「数学といっても基礎中の基礎。基本的には三角関数ですが、式を覚えるのではなく、どのようにして式ができるか、それも分かりやすく説明します。したがって式を忘れてもすぐに導き出せます。ピタゴラスの定理も、その導き方など頭の中に入れてもらいます。僕がこういうことに拘《こだわ》るのは、数学の基礎を理解するのがとても大切なことで、それはものの考え方にも及ぶため、物事を理論的に考えてゆく癖をつけてもらいたいからです。そうすれば不思議なもので、脳は色々なところに応用が利くようになるのです」

「本当ですか？　何だか面白そうに思えてきたわ」と女子の一人が言った。

一応数学の説明を終えてから「質問はありますか？」と智則が言うと、「学校時代、このように教えてもらったら、数学は嫌いにならなかったのに」と誰となく言った。陽子も無言のまま目を丸くして智則を見ている。あまり数学は得意ではないのであろうと智則は推測した。

「分かっていただいたのですね。数学を少ししたついでに、僕の考えた『人生方程式』を話しておきます」

そう言って白板へ次の図を描いた。

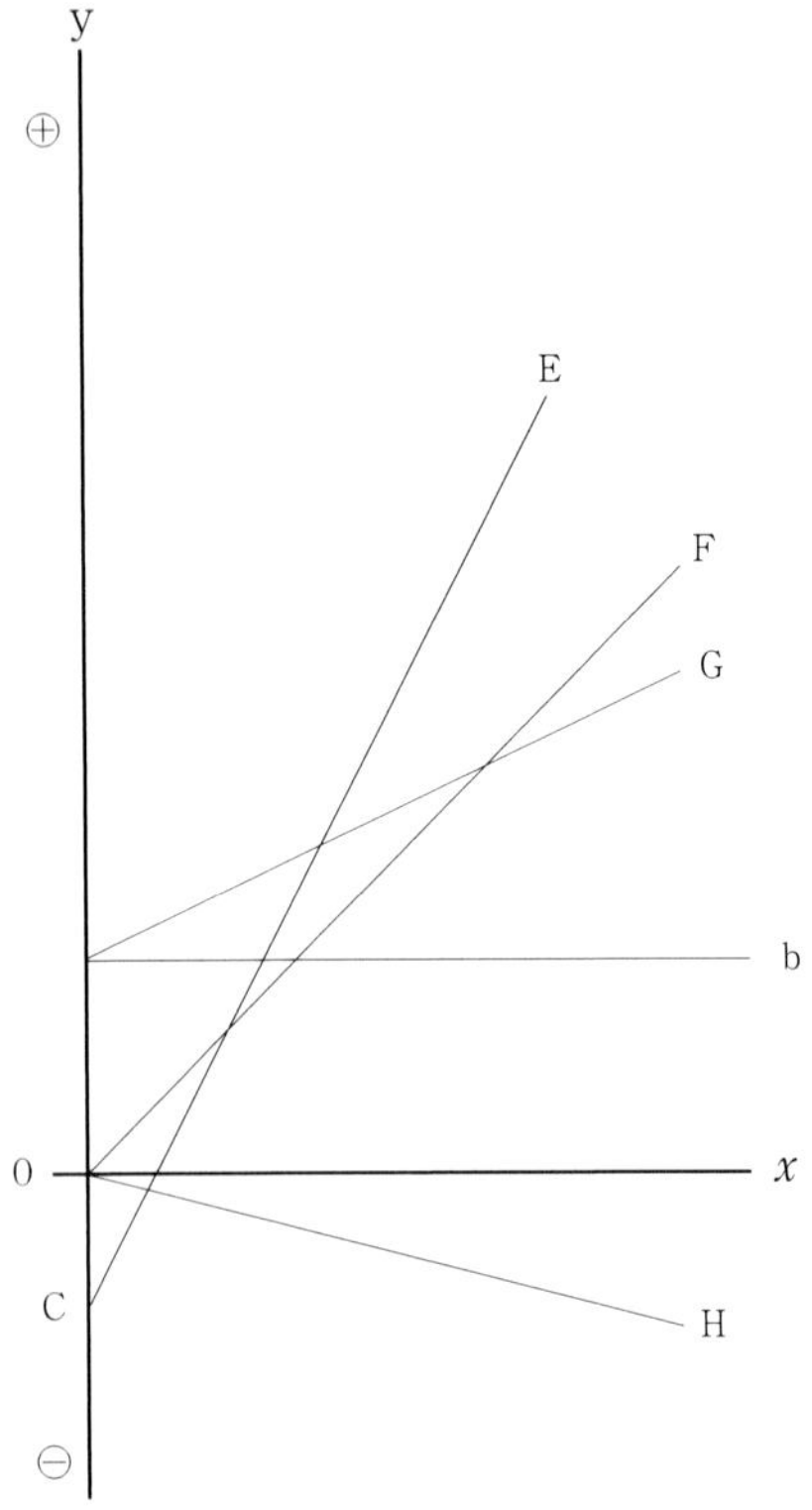

「y＝ax＋bを、この白板のようにグラフに表してみました。yは資産とか生活レベルで、状況によってEやFやGのようになります。aは能力や努力。身体が弱いとか、世の中の進歩について行けないとマイナスになり、経過すると傾斜はHのように下向きになります。χは時の経過、年数。bは普通に生活できるレベル。bの内容としましては、住居や資産の有無、そして学歴や境遇、親の七光り、例えば親が有名人であったり、実力者であると、マスコミや周りも祭り上げる。何かする場合、少なくとも門前払いを食らうことはないでしょう。そしてこれらはaにも影響します。また少し違うが、無名の芸術家や作家の作品は見向きもされないことは皆さんもご存じですよね。それから、たとえ優秀な科学論文だって、強力に後を押してくれる人がいないと日の目を見ないことや、文化勲章、ノーベル賞だって同じことが言えます。例えば湯川秀樹博士の『中間子の存在を予測』する論文も、ユダヤ系アメリカ人のロバート・オッペンハイマー博士が認めてくれなければ、当時の日本の科学は欧米の科学者から蔑《さげす》まれていたこともあり、誰も認めてくれないままノーベル賞ももらえなかったかもしれないらしい。やっぱりこれらも重要な要素には違いない。Fのようにbがなくゼロから始めると、bに達するまで年数がかかります。Eのように借金があったり、病持ちの人などはマイナス（C）から始まることになります。全ての人が何らかのbを持っていればいいが、そのような人は少ないでしょう。努力をすればEやFのようにもなれる。Ｇのように、ｂを持っている人がより努力をすれば素晴らしく伸びるということです。僕の言いたいのは、ｂがある人もない人も、並みの努力では他の人たちよりも抜きんでて良い生活は送れないということです。ただ闇雲に努力するだけでなく、理論的によく考えて行動する癖を付けてもらいたいのです。ただＣＡＤやパースなどの手法を覚えるだけでなく、何事にも言えることですが、学んだことをよく考え、普段の行動に行かして下さい。自分の知らない間に、思いの外レベルが上がっていることに気が付くでしょう」

「何か考え方や人生が変わりそうな気がします」と誰かが言った。

「そうあってほしいと期待します。そう思って、今日はカリキュラムにないことにも貴重な時間を費やしました。奇跡やチャンスは待つのではなく、自ら作るものです。何もしなければ奇跡は起こらない。種を撒いておくことです。そうしておけば奇跡が起きる確率を上げることにもなるのです。そして夢の実現には、かなりのエネルギーが要ることも忘れないで下さい。このことも言い添えておきます」

そう言って普段の授業に戻った。

陽子もここまでの話を真面目に聞いていた。そして智則の普段の行動を思い返してみると、確かに彼は〈話していたことを実践している〉と感じた。

智則と陽子は我が家に帰り着いた。

「旦那様を何だか先生と言ってしまいそう」

「智さんが旦那様になっているじゃないか」

「だって旦那様だもの」

「今まで通りでいいよ」

「なら、あなたって言うことにするわ」

「好きにするがいい」

「私たち、小学校から短大まで習ったことを大抵忘れているのに、あなたは予習もせず、易々と数学を教えてしまう。しかも、今まで習ったことより理解しやすく、考え方まで教えてしまった。おまけに人生を数学で印象付けるんだもの。あんなこと大学の先生にだって習ったことないわ。つい、先生と言ってしまいそうになるの分かるでしょう？ でも、いつの間に考えているの？」

「そんなこと聞かれても困るな。どうなんだろう？　自然と出てくる僕の生活の一部だから。考え方が身に付いているのかな？」

「志摩の堤防で寝そべっていたあなたはボーッとして、お爺ちゃんが『怠け者か、逃避か？』と尋ねたら『両方です』と答えたけれど、全然違うね。やっぱりお爺ちゃんは見る目があるのね」

「陽子だって僕に付いてきたじゃないか」

「ふふふ…」

食事は陽子が作ったものを、いつも一緒に食べている。

仕事で夜なべをすることも多いが、パーティー以来、夫婦の生活が始まっている。


ある日の昼間、智則が学校の帰りに腕を絡めてきた女子生徒と歩いていたところ、買い物中の陽子と出くわしてしまった。そのときは無事に済んだが、家に帰ると早速、問い詰められた。

「今日の、あれ何よ？」

「男が女に抱きついたら痴漢にされるけど、女はいいよな。それに女は押しかけ女房もあるけど、男なら家宅侵入罪で警察沙汰だよね」

「それ、答えになっているの？」

「うん。不可抗力ということかな。堪忍してよ」

「そんな勝手な理屈ある？　私、今日は機嫌悪いんだから」

「機嫌直してよ。陽子が機嫌悪いと僕は困る」

「これから気を付ける？　約束する？」

「約束したいけど、不可抗力のときはどうしたらいい？　教えてよ」

「もうー、そんなこと知るもんですか」

「僕は学校の講師を辞めなければならなくなる」

「ええ、そんな。嘘でしょ」

「授業受けていて、ニヤミス的なことが多いの分かるだろう？　それに無下に扱えないことも…」

「よくモテるものね」

「そうでもないけど、女性は難しい」

「分からないでもないけど」

「そう思うだろう…」

「女としては辞めてほしいと思うけど、主婦としては収入が多いほうがいいし…そんなこと言い出すのは、ちょっと卑怯じゃない？　何だかごまかされている感じ」

「真面目な話だよ」

この前パーティーに呼んでから、女性職員もあまり気を使わずに訪ねてくるようになった。それに加えて、以前勤めていた会社の女性が来たりすることもあり、陽子の前でも遠慮することなくきわどい言動を取ったりする。陽子にとってはハラハラし通しで、自分のいないところでは、どんなことが起こっているか分かったものではない。

陽子はそんなふうに心配していることを智則に聞いた。

「そんなにモテないから、心配することはない。浮気などしている暇などない。仕事やお金は湧いてくるわけではない。僕を信用してほしい」

「でも、何だかイライラするわ」

「気分転換に、近いうちにドライブに連れて行くから…」

「ホント？」

「今考えてるのや。桜の咲く前、人がいないキリッとしまった吉野へ」

「二人きりよね」

「もちろん」

「嬉しいわ。大阪へ来てドライブ初めてね」


仕事や学校の都合のことを考え、ある日の早朝二人はドライブに出かけた。

吉野は早春とあって観光客は誰もいない。桜の木や辺りの雑木林も木の骨だけでキリッとしまっている。

「こんなのも、なかなかええやろ。僕は好きなんや」

「ええ、いいわ」

車を降りて散策しているとき、雪がちらほらとゆっくり舞うように降ってきて陽子の髪や肩に付いた。

「あら、雪が…」

「陽子がますます綺麗になった」

智則の言葉に陽子は喜び、はしゃいでいる。

智則は「一句できた」と言って、詠み上げた。

なごり雪　花も出番を　迷ってる

「俳句も詠むんだ。なかなかいい感じ」と陽子は言った。

桜の木が生えている斜面はハイヒールでは歩きにくい。つい、智則にしがみついた。

そのまましばらく歩いて、桜の木を見るための観覧席のような食堂へ入った。

「何食べる？」

「ここの名物がいいんじゃない」

「じゃ店に任そう」

待っている間、智則が話し始めた。

「この吉野は頼朝に追われ、義経が逃げてきたところや。当時は雪が深かったようやけど…」

「白拍子《しらびょうし》の静御前《しずかごぜん》と？」

「彼女と僅かな家来、哀れな逃避行ということやな」

「何だったか、静御前の有名な歌があったわね。鎌倉の鶴岡八幡宮で舞いながら歌った…」

「うん。僕もよく覚えている。捉えられ、殺されるかもしれないのに、頼朝の前で、舞いながら義経を思って歌ったもので、女の一途な恋心、僕は堪らなく好きや」

「私も男の人の一途な恋は好きよ」と陽子はやり返した。

智則は笑みを浮かべ、静御前の歌を思い出すように詠み始めた。

吉野山　峰の白雪　ふみわけて
　入《い》りにし人の　跡ぞ恋しき

「これにはまだ続きがあるのや」

そう言って智則は続けて詠み上げた。

しづやしづ　賤《しず》のをだまき　繰り返し
　昔を今に　なすよしもがな

「この解釈は、義経様に静《しず》や静《しず》と呼ばれて幸せだった昔に戻りたい…私は白拍子の卑しい身であっても、義経様を思う心はあなた方が人を恋うる心と変わりはありません。古今集の『しずのおだまき』を引用し、今あなたは栄華を極めていらっしゃるが、昔は流人であったではないですか、世の中は栄華と衰を繰り返しているのですから…と歌って、頼朝に訴えた。この歌はおおよそ以上なことを詠っているらしい。そして以前調べてみたら、静《しず》と賤《しず》をかけて、落ちぶれていた者が成り上がるとの意味も入っていて、苧環《おだまき》は繰り返すの意味を持つ序詞らしい。人生の浮き沈みは大きいことも言っているように思う。そうならないように、まさに人生方程式そのものやな」

「自分の理屈正当化してる」

「話がそれてしまって申し訳ない。静御前の話へ戻そう」

「うん。義経と静御前、愛している者同士が結ばれないことは悲しいことですね」

「うん。今でも愛している者同士が結ばれないケースが多い。理由は若くして男性が女性や家族を養えない経済的なことが多いからや。これは昔も今も変わらないね」

「悲しいわね」

「女性の心の中には、白馬に乗った王子様とか、玉の輿に乗ることを望んでいるのも確かで、結婚となると、条件の良いほうへ乗り換えるケースも多いよね。残った男は哀れだが、目先の生活を考えると無理からぬことで、男の泣き寝入りになるんだよね。一般的に愛し合うのは、出会う機会が多いことから同年代同士が多いが、実際の結婚は、たとえ王子様でなくても、夫のほうが何歳か上のケースが多いな」

「何だか実感がこもっている。あなたも良い人いたんじゃない？」

「突然何を言い出すんだ。ビックリするじゃないか」

「慌てている」

「今は陽子がいて幸せや。それで充分じゃないか」

「そうよね。誰だって傷はあるよね。今日のところはこれ以上追及するのは止めておくわ」

「今日のところはとはどういうことなのや？」

「ふふふ…まあ、いいじゃない」

智則は話題を変えるように言った。

「こんな山奥にも、昔、南朝と言われる朝廷があったんだよな」

「歴史で習った南北朝時代のことね？」

「うん」

「後醍醐天皇だったかしら？」

「結構覚えているじゃないか…」

「でも、ここまでよ」

二人はこの後、吉野川の支流の綺麗な水を一時《いっとき》見た後、車で大阪へ向かった。

## 四、国家自滅への憂い

大阪へ帰る車の中、智則が話し始めた。

「今、大学生の二分の一が奨学資金を受けていて、在学中はアルバイト、そして卒業後仕事にありついても、五百万円近くのローンがあれば、就職直後から二十年近く奨学資金の返済をせねばならないマイナスからのスタートであったり、仕事がなければ返済できず、自己破産の憂き目にもあう。二〇一五年の奨学金を返済できず破産した件数は一万件にも及ぶらしい。なお、その影響は連帯保証人にまで至ることもある。中には家庭の経済的変化や、元々無理なアルバイトであったりして、中退も余儀なくされ、ローンの借金だけが残ることも多いとか。経済的な理由で大学を中退した人は三一%、奨学金を借りていて中退をした人は五五%にもなり、借金だけが残る。将来を夢見て勉強し、せっかく入学したのに、これでは結婚や子供どころではないし、家も購入できないんだよ。国は子供を増やすようにと言っているが、このこと一つ取っても、政策に矛盾があるんだよ」

「かわいそうにね」

「学生にしても、好きだからとか、得意だからと言ってばかりはいられない。例えば人口が減り高齢化が進むと新聞や書籍は読まれなくなり、出版物が売れなくなったりしてこれらの仕事も減る。世の中の流れや要求と、自己の好みは必ずしも一致しないから、僕は好きでない言葉だが、進路の『妥協』も必要だと思う」

「そうかもね」

「昔から家族が老人の介護や子守をしてきた。保育や介護は、大学や専修学校に行ったり小難しい試験をしなくても、講習会を受けて必要なことだけ身に付ける程度で十分ではないかと思う。そうすれば費用も少なくて済むし、外国人に難しい試験を強《し》いなくてもいい。人手不足の中、外国からの介護も受けやすくなる。今後、国は全員に給付型奨学金を検討しているが、今の国の財政状態では実行は不可能である。それに学生も生活が楽になれば遊ぶ割合が増える。それは今までの学生のありようを見ていても想像できる。すなわち、国の金で遊べるのである。僕も四畳半一間に下宿していたことがあるが、周囲の部屋に下宿している学生は毎夜寝ないで騒いでいて、僕が出勤する頃から寝始める。僕は毎夜眠れず眠いまま勤務に行くという辛いことが続いて、あげくのはて、引越しを強いられた。彼らは親から手厚い仕送りを受けている恵まれた連中だったのである。中東の産油国の学生も同じだよね。政府の発想は単純過ぎる。特殊な才能を持っているのに家に資産がない人にのみ、試験をパスすれば給付型奨学金を適用すれば日本のためにもなるのではないだろうか…このように考えれば国も個人も費用は少なくて済むと思う。実力がともなう高学歴化は否定しないが、底辺で平均化した人材を育てても国家の飛躍はない。男女とも都会の大学へ進学し、地方に若者が残らない。たとえ四年間でも都会に住むと、そこの生活パターンが身に付いてしまう。そして戻らない原因の一つに地方に魅力がなかったり、女性に対する地方の因習があって、その土地の女性さえも故郷を嫌い、地方へ戻らないらしい。都会へ出てテレビドラマのように皆が夢見ているような、楽しくて楽な生活を送れる人は少ないのや。これも学歴があれば収入が良いとか、今まで歩んできた学歴に対する日本人の偏重、偏見も、このように誰も彼もが大学へ行く高学歴化社会を作り上げてきた要因だと思う。目的がなければ、何のために大学へ行くのか疑問符も付く。能力に合った教育は必要だが、学歴に投資する対価の回収も考えなければならないのや」

「そうね、私も何のために大学へ行ったのだろう？　大学で何を得たのだろう？　今また、あなたの授業を受けているし、私のような人は多いのではないかしら」

「昔から大方の大卒者の家は裕福な家が多いから、親に学費を出してもらって大学を卒業し、良い会社に入ってからは、家や結婚式、中には花嫁まで用意してもらう人もいるとか。もちろん給料が高くて出世も期待できる。人生方程式のｂが大きいということや。一方高卒で入社の者は親に金がない場合が多いから、つつましく暮らしても、自分一人食べていくのが精一杯で、住むところを用意するだけでも期間がかかる。bがないのや。ここでも格差はできる。これは自分ではどうすることもできない格差なのや。しかし長い人生の間、努力することによって、逆転もありうるし、その努力によって知的財産も増えてくる。並大抵の努力ではできないかもしれないが、人生は終わってみなければ分からないんだよね」

「凄い努力が必要なのでしょうね…」

「二〇一五年における国民の保有資産は一七〇〇兆円超。二人以上の世帯で借金を含めない純金融保有資産は一億円以上が二％程度で、一〇〇〇万以下が五〇％余り。平均は一二〇〇万円程度で、中央値は四〇〇万円ほど。預金ゼロの世帯が三〇～四〇％。単身世帯になると、これらの数値はもっと悪化しているという。定年まで勤めても大して退職金がもらえない企業も多いらしい。仮に地方にいて高齢の場合、山林や農地などの土地を売却しても、昔のように大した金融資産にはならない。土地は付加価値の高い作物を有効生産に活用してこそ高い価値を生む。ともかく金融資産を持っている人が少ないということなのや。また大企業や公務員の平均年収は八〇〇万円前後、就業者の七〇％近くは中小企業関係ということもあり、テレビのニュースによると、二〇一四年で年金を含めない国民の平均年収は三九二万円程度と言われているが、中央値はもっと低い。それも詳細に見ると二〇〇万円以下や無収入世帯も結構多いのが現実や。貧しさに絡んだ悲しいニュースも多いよね」

「ええ」

「相続税対策や老後の収入のために、今持っている土地を担保に銀行から借金をして、どこもかしこもアパート経営をする人が増えてきたようだが、人口減少や空き家も多く、経済は拡大しない中、よほど便利な立地でないかぎり経営は成り立たない。日々のニュースを見ていても、このようなことは分かりきっているはずなのに、地主は銀行はじめ、方々から勧められるままにアパート経営を実行していく。地主が経営に行き詰まって破綻すれば、銀行が担保に取っている土地も不良債権になることが見えてくる」

「あら、そうなれば地主も銀行も大変ね」

「今（二〇一六年）、政府や日本銀行（以下日銀）はインフレに誘導し、物価の上昇で好循環をさせ、経済を上昇させようとしている。そのためマイナス金利を導入し、企業に設備投資を促そうとしているが、大企業は既に内部留保が豊富で、二〇一五年で三七七兆円超もあるらしい。もし内部留保がなくても、もう充分金利が低いから、投資しようと思えばいつでもできる。しかし頭が固く企業が将来の成長を描けないから、投資をできないまま法人減税も手伝い、資金だけが貯まっている。したがって将来を読める新しい経営者に変わるのが先決だと思う。もっと言うと、今は社内で出世競争をしている場合ではなく、日々進歩し続ける世界的グローバルな技術競争の時代の中にいるのや。大企業は優秀な学生を獲得しているのだから、上層部に都合のいい人材ではなく、隠れた天才を発掘するのが彼らにとって最も大きな務めなのや。和も否定しないが、例えば飲み会など得手不得手もあり、このような愚かな行為で天才の大切な時間を縛ってしまう凡庸な上司も多く、会社の発展にブレーキを掛けていることに気付いていない彼らを哀れに思う。そして、このような天才は身動きの取れない会社を飛び出して、ベンチャーとして自ら起業し成功している人も多い」

「そうなの？　あなたみたいに？」

「僕はそんなに優秀じゃない。話をマイナス金利に戻すが、今ではむしろマイナス金利の副作用のほうが大きく、公社債や株式などの投資信託、年金保険、学資保険等に悪影響を及ぼし、また金融機関の利益の悪化から金融関連株や他の業種へも株価の暴落が起きると、個人の保有資産は減って消費マインドは悪化する一方だ。なお企業では退職積立金の目減りが大きく、負担も増えた。住宅ローンも借り換えはあるが新規のローンは増えない。平均収入が減っているのに、外国からの住宅購入もあり、価格だけが上がり過ぎ、住宅を買うことができないことも大きい。これ以上マイナス金利幅を大きくして、銀行も損失になると、その分を貸し出し金利に上乗せしかねない。もしそうなれば、金融緩和どころか、金融引き締めになってしまう。これでは勝つことばかり、そして突き進むことばかり考え『もし何々ならば…どうする…』言い換えれば『そんなはずがない、そうあってはならない』と、負けることを考えなかった旧軍の作戦と変わらないではないか… 要するに今のところ経済の好循環にはなっていない。不安定な為替に国際競争力を頼ったり、実体のない金融の操作に頼るより、生産物、生産力、生産性、技術力など根本の競争力を上げるのが本筋なのだ。もし好循環になったとしても、今後の人口構成や仕事によっては、その循環の中に入れない人のほうが多いように思う。このように考えると、世帯収入は増えないのに物価が上昇すれば経済的に恩恵を受けない世帯のほうが多いのではないだろうか？ 高齢者は国民年金が主力であり、年金の金額は少ないから、年金だけで生活できないことや、先ほど言ったように満足できる蓄えがある人は少ない現状で、年金の不足分を補填することはできない。このような中、年金の支給額は減り、介護・健康保険料の負担が増えてゆく。行き着く先は生活保護になる。二〇一六年には生活保護受給者の半数以上が六五歳以上の高齢者を中心とする世帯になっているらしい」

「そんなに多いの？」

「こんな中で、日銀は物価の上昇目標を二％と言い続けているが、人口の五〇％以上が五〇歳以上、六五歳以上でみると、二五～三〇％にもなる。これからますます高齢化することを考えると、たとえ半分以下の就労者人口の収入が増えても、この目標達成は不可能なのや。日銀の頭を疑う。物価が上がるときは、日本の財政破綻が懸念され、大きく円安が進み、輸入に頼ってる物価が値上がりしたときなのや」

「そうなれば恐ろしいね」

「この高齢化率や人口減は税収減、経済鈍化だけでなく、大災害が起きたときや、領空侵犯があってもスクランブル（緊急時）さえできないし、介護などに対応できる若い人材の不足は何かにつけて影響してくる。このように諸々のことから、今の政策を続けると、ますます国の財政や国民の生活は苦しくなり、日本の将来が恐ろしく思う。一千兆円以上にも及ぶ国の借金、その国債は国内保有が多いから大丈夫と言う人もいるが、何らかの出来事をきっかけに、ヘッジファンド、空売りファンドや投機筋が大量に空売りを仕掛ければ、国内保有者も損を避けるため、追従して我先に売りが売りを呼び、その結果破綻に至る。また利払いも、今は金利が低いから何とか持ち堪えているが、危ない状態に変わりはない。いったん破綻したら人口は減って、高齢化の中、立ち上がることはできない。そして長い生き地獄を味わわなければならない。こんな問題が接近しているとき、政治家や公益法人など、私腹を肥やすことのみ考え国難が頭にない。嘆かわしいことだ。今、日本では株価を上げるため、企業は自社株買いをしたり、日銀はＥＴＦ〔(Exchange-Traded Fund）証券取引所に上場し、日経平均株価やTopixなど株価指数に連動させるようにした上場投資信託の一種〕を大量に買い入れたり、政府はGPIF〔(Government Pension Investment Fund) 年金積み立て金管理運用独立行政法人〕の資金を株式マーケットに注ぎ込んでいるが、株式市場のことには国も日銀も無知すぎる。株式はマーケットや投機筋のためにあるのではない。株価というのは企業の実力に対する評価であり、市場から政府や中央銀行に政策を要求するものでもない。企業も政府や中央銀行、為替に頼るのは情けないことで、自ら努力して成長するのが本筋である。それに今の投資家の多くは業績とは関係なしに、借金にあたる信用取引や目先のテクニックを使い、銘柄間の資金移動だけで、短期に何度も売買を繰り返し、自己の利益だけを求め、時には強制的に空売り（自分は株を持っていなくても、証券会社などから借りて行う）をして大きく株価を下げる。空売りは東京証券取引所で、一日の売りの平均四〇％だが、これを大きく超える場合もある。短期売買はパソコン取引ができるようになって増え、特に日本独特のコセコセした性格に合ったようにも思える。このようなこともあって、業績の良い銘柄も上がらないばかりか、大きく下落を強いられる場合が多い。証券会社も手数料を稼げるから暗に推奨している。株価の下落は株取引をしていない人も道連れに、国の資産や国力を落とし、自国のことであれば、自分で自分の首を絞めているようなもので、企業の将来の成長に投資して、多くの人が潤える市場とはほど遠いのである。空売りは合法的であっても強制的に行えば、一部の投機筋の利益のためであって国のためにならないばかりか、この行為は一国を窮地に追い込む場合もある。この自己の利益だけ求めた自由経済のヘッジファンド主体の投機的空売りに立腹したマレーシアのマハティール・ビン・モハマド元首相は、一九九七年七月に起こったアジアの通貨、金融危機の際、市場原理主義（市場に全てを任せれば何もかも解決するという考え）が万能と報じるエコノミスト、投資家から一斉に避難を浴びる中、IMFからの救済も拒否し、一USドルを三・八リンギットに固定し、財政資質の拡大と金利を引き下げ、内需を喚起するとともに、資本が海外へ出て行くことを阻止するために、一九九八年九月に短期資本取引規制策を導入し、投機資本を狙い撃ちして打撃を与えた。一方、純粋な投資資本を受け入れて金融危機脱出に成功した。そのときドル一辺倒に危機を感じ、イスラム金融にも力を入れた。同じくしてIMFの支援を受け入れた韓国、タイ、インドネシアなどはIMF管理の下、緊縮財政を強いられ難渋することになった。このマハティールの導入した策は自由経済と逆行したわけだが、国の危機につけ込んで、情け容赦なく破綻に陥れてまで、自己の利益だけを求めるヘッジファンド、投機筋などが、好き放題に振る舞う現在のマーケットに、良い教訓を与えたのではないかと思っている。市場原理主義といっても、良いことばかりに使われているわけではなく、このような投機のために使われればマイナス面が多く、悪用と言ってもいい空売りを世界はなぜ許しているのか疑問に思う」

「市場って恐ろしいのね」
「今の東京証券取引所は機関投資家、公的資金、外国から大きな資金などが入ってこなければ大きく動かない。出来高が少な過ぎるから、外国のヘッジファンドや空売りファンド、他には短期投機筋、そして証券会社の自己売買などが好き勝手にしやすい市場なのである。日銀の黒田総裁の発言があった後、大きく株価を下げるときがある。発言も不用意にはできないが、このようなことをきっかけに大きく空売りされてしまう。

仮に、ＥＴＦやＧＰＩＦの買いが入れば、彼らは買いが終わるのを待って、株価が上がりきったところで一気に空売りを入れ、株価は大きく下げる。時には暴落効果を上げるため、アナリスト、報道機関などを利用し、正否が定かでない株価の下げ材料になる応援、援護レポートを出して、他の投資家も巻き込みながら売りを誘っている。これらのレポートの内容は無知な者が書いているのか、或いは思惑で書いているのかどちらかで、プライドが無いのか疑うレポートも多い。このように公的資金や個別銘柄も空売りのターゲットにされて、ＥＴＦやＧＰＩＦなど、国民の大切な金を投入しても、何度も同じことを繰り返してきて、ほとんど彼らに吸い上げられている。日経平均を見ても分かるように、ある範囲内を株価は上下しているだけで、それ以上は上がってゆかないことからも分かる。吸い上げて得た利益の多くは、ヘッジファンドや空売りファンドなどへ出資している数少ない世界の超富豪へ流れている。このように彼らのやりたい放題にされているのだ。これは全く無駄な投資で、もうパターンが分かっているのだから、彼らが売り仕掛をする度、即座に買いを入れれば、東証の出来高は少なく、ＧＰＩＦは一三〇兆円もの投資資産を保有する世界一の機関投資家であるゆえ、すぐ株価を上げることができ、そして彼らの目論見を砕き、彼らに損害を与えることもできる。何度か繰り返していると、彼らもうかつに動けなくなる。

現在行っているように決まったある日、一度に大金を注ぎ込むのでなく、そして上司の許可を得ることなく、現場の担当者が適宜に「何時でも対応するぞ」という姿勢を見せれば、彼らの姿勢も変わってくるに違いない。これは自社株買いも同じで、こうしてこそ効果は上がる。

今でも出来高の少ない東証、株価が上がらなければ、国内外共正常な投資家は入ってこない。株価が右肩上がりならば、貯蓄から投資と呼びかけなくても、資産を増やしたいから、周囲の他人が儲けているのを知れば、我も我もと参入してくるに違いない。バブルの時を調べればすぐ分かることである。

空売りや短期売買ばかり多く、株価が上がらなければ、正常で長期保有大口外国人投資家も参入してこないばかりでなく、むしろ逃げていくのは、政府や日銀の政策に魅力が感じられず愛想を尽かしていることや、日本が収縮していく様子が外からはよく見えているのではないだろうか？

またＧＰＩＦやＥＴＦは各銘柄や業績に関係なく一塊で売買するから、買われると業績の悪い会社も株価は上がり、売られると業績の良い銘柄も売られる問題がある。

また短期売買はギャンブルに近く、投資ではなくパチンコをしているようなもので、東証にとっては悪影響のほうが強い。

そして証券会社が自ら儲けることに重点を置き、投資家に儲けさせることをおろそかにしていたり、営業マンの勉強不足、知識不足で、正しいアドバイスができないことにもある。資格を取って、名刺に列挙しても何の力にもならないのだ。

ネット証券がスマートフォンで買いやすい対策をとったり、証券会社が間違ったセミナーをして、ネットを利用した短期売買を促進してきて、テクニックばかり教え、短期売買、デイトレーダーを増やしてきたのは証券会社の責任で、結局自分で自分の首を絞めてしまった。短期売買で代表的な言葉を一つ例を上げると、『材料の出尽くし』という言葉がある。そして材料が出尽くした後は大きく売られる。本来良い材料であれば、それを積み重ね企業は成長するのであって、材料出尽くしでは片付けられないのである。

さらに短期売買は証券会社の指導もあって、不思議な取引をしている。輸出企業の場合、円安なら円ベースの利益は増えるから、買い、円高なら売りを推奨している。

理に適っているから、全て同じ動きをし、値動きは大きい。理に適っていると言っても、為替は常に動いて、期末決算の利益にどう影響するか分からない。短期においては、むしろ円高で株価が下がったところで買って、円安で上がったところで売れば利益が出る。皆逆を行っている。両方が適当に混ざっていれば日々の値動きも少ないのだが…。

このような短期のテクニックではなく、世界の将来を先読みしたり、企業の将来性やマクロ的には将来の技術、経営、財務諸表の見方など、もっと基本的な教育をしなければ投資家は何も分からないのだ。

このように諸々のことで、景気を左右させる株式の市場を衰退させてきた。なお、この上に、ネットを利用したコンピューターのプログラム取引は既に悪影響が出ている。機械による高速取引が入ると、例えば買いと見せかけて他が動き出すと、見せかけを引っ込めてしまう、言わばイカサマ博打まがいの事実もある。また、AI〔artificial intelligence（人工知能）を利用する計画もある。色々な方法の投資の仕方が混在すれば、市場は今後どう動くのだろう？　このようなことが幅をきかせるようになれば、個人はますますこの世界に入りにくくなっていく。

いくら資本原理主義と言っても強制的空売り、短期過ぎる売買の規制やAIが混在する市場は、政府として考えなければ大変なことになる。前述したように、もう既に表面化している。

僕が考えている庶民の微かな希望である金のなる木の苗と思う銘柄が、たとえ業績は考えられないような伸びを示したとしても、本当に株価が付いてくるのか？　という懸念も浮かぶ。

国民個人の保有金融資産は八三％超が保険、貯金など、増えも減りもしない安全資産と言われている。言い換えれば無料の貸し金庫に入れているようなもの。残りの一七％以下の中のいくらかが、リスクのある投資信託や株を持っているという。なお、その株も、ほとんどが数百株以下の保有で短期売買が多い。

前述したように市場に色々問題はあるものの、将来のことを考えるならば、安全資産のいくらかでも、他人の意見に頼るのではなく、よく自分で調査研究をして、将来に期待できる銘柄の株を見つけ、長期保有してはどうかと思う。

また長期保有者に対して、企業は株主優待だけでなく、株式に優遇したり、国も税制を優遇するなど考えなければ低迷から脱出はできない。

政府は医療費の高騰を騒ぎながら、薬剤は今、院外の調剤薬局で処方されていて、二〇一五年では七千億円も余分な費用がかかっている。また薬剤の仕入れは複雑で、価格はそのときの取引によっては大きい利益も想像でき、今これらの利益は調剤薬局に入っている。さらに投薬の明細書を見て驚いたのだが、調剤基本料、基本調剤加算、そして投薬された薬には各々調剤加算が付く。今は薬品メーカーでアルミ袋へ詰められ、昔の漢方薬のような薬品の調合をしていなくても高価な調剤加算が取られる。金額の大きい向精神薬加算、管理指導料、特定調剤管理指導料など幾重にも無駄な費用がかさみ、調剤薬局への支払いのうち、約三割が薬価以外の支払い分となっていて、中には八〇円の薬価に対して、一二〇〇円になるものもある。これは院内投薬にすれば一〇〇円以下で済む。また前述した三割もの無駄な費用も不要になる。ジェネリック医薬品に代えても、この無駄な費用は付いてくる。医療機関も薬剤で収益を上げられないから治療費を上げざるをえなくなり、国に要求する一因になるのではないだろうか？　それに、診療中ドクターの前で発作が起こり、院内に薬剤がないため処置できない珍現象もあった。患者のためのシステムにはなっていない。薬剤業界の圧力や選挙のことを考えている場合じゃない。これにも手を付けなければならないのだ」

「知らなかったわ。明細書を見ることとないものね」

「国は老人医療費や介護費の増加をやり玉に挙げているが、本当に必要な人へ給付できるように生活保護のあり方も再考精査して給付する必要がある。男性受給者のうち三〇％超がメタボ（昔の貧しい人はやせ細っていた）、四〇％超が喫煙者、更にギャンブルにお金を使っている者も多い。そして彼らの多くが医療機関を受診している（ちなみに生活保護受給者の医療費は原則無料である）。このことから不摂生な暮らしぶりや、生活に対する考え方も想像できる。またタバコやギャンブルは生活に不要で、むしろ無いほうがよい。彼らにタバコを買わせるため、ギャンブルをさせるために生活保護を与えているわけではない。大抵の国民は少ない年金で生活し、医療費も自分で支払っているのである。生活保護受給者も医療費は自分で払ったらよいのではないか。年金よりも受給は多いのだから…。ここで一般国民の年金を減らし、医療費負担、介護負担など月々の納付をきつくすると、生活保護に頼ろうとする国民が増えるようになるだろう。そして年金を納める者も少なくなり、生活保護受給者が増えるに違いない。安い年金や少ない蓄えでやりくりすることを思えば、生活保護は天国なのだから…。

また永遠に続く莫大な放射性廃棄物の管理費をともなったり、もし何か自社で手に負えない事故が発生すれば国に頼ればいいという初めから甘い方針の原子力発電所や、その多くの関係者に国費が使われている。それから特殊法人、さらには多くの既得権益で潤っている無駄なところや、国、地方とも議員、公務員の人数や、人件費を大幅に削減し、待ったなしの構造、行政改革を行って、公金の使用を減らし、生計費用が少なくて済む社会を作らなければ、国も個人も潰れてしまう。財政の健全化は一切無駄使いはできない最優先の事項なのだ。行政も現状に合わないと思えばすぐ舵取りをして方向を変えてほしい」

「今後どうなるのかしらね」

「教育の話に戻るけれど、大学や仕事のありようを再構築し、能力に合った多様な仕事で将来に対する夢やロマンが持てれば、国は活気づき収入も付いてくるように思う。有名なグーグル（アメリカのＩＴ企業）のＣＥＯ（最高経営責任者）の方が、『当社の社員は読み、書き、そろばんができれば、あとは自分で考えて勉強すればいい。そう思っている』と言っておられた。幸い日本は中学校までに習ったことを覚えていれば、日常の英語、数学、そして他の科目もかなりのレベルまで習得できる。しかし消化不良のまま大学に入っても、中学課程の数学もできない学生が多いらしい。専門性の必要がない限り、グーグルのＣＥＯが言われるように、読み、書き、そろばんができれば商売もできるし、自己を向上させることもできる。それに人々は学校で習ったこと以外に色々な仕事をしている。通学しなくてもＩＴに詳しくて起業する若者や、政治家だって専門的に政治学を学んだ人は少ない。人生ってそんなものじゃないか」

「難しいこと考えているのね」

「日本の今を把握したり、未来を構築することは、皆《みんな》の生活、そして僕たちの生活や人生に影響してくるのや。授業の合間に話していることも皆大事なことで、また近々授業で話すつもりだけれど、経済とか、特に建築物の耐震技術、それに先ほどから話したことは、国のあり方であり、国家存亡の一大事なのや。首相もしっかりと日本の経営をしてほしい」

このような会話をしながら、自宅に着いた。

## 五、将来への希望

今の国の状態、政策や今後の経済や年金を考えると、良い方向へは動いていない。たとえ普通のサラリーマンが定年まで勤めても、ましてや自分のような不安定な仕事では資金に余裕のある老後は望めない。手元の資金を何倍かに増やすため、今から手を打っておかなければ。そう思い、智則は株取引もやっている。

株式は許可も資格も伝手《つて》も人脈も要らない。個人の意志や才覚で挑戦できる数少ない資金運用の手段だと思っている。「金のなる木の苗」と言っていたのは、少ない投資資金で将来大化けする新しい銘柄を見つけることである。

こんな行き詰まったような経済界でも、先読みできないアナリストやエコノミストの批判を浴びながらも、先を読み着実に大きく進んでいる企業もある。これも企業のトップ次第のように思う。

最近、自分が考えていたことが正しかったと、現実のデータとして公に放映された内容を見て分かったことがある。国内の二%の世帯が一億円以上の富裕層と言われているが、その八〇%が日本株を保有している。保有銘柄は充分調査研究した上で、多少短期売買はあるものの、大抵は長期保有である。そしてその多くは値上がりしていて配当も受け取り、結構資産を増やしている。しかも自己の全金融資産のうち、リスクのある金融資産の割合が大きい。一方、富裕層以外の人はリスクのある資産保有は少なく、株を持っていても多くはその日の材料やグラフの上がり下がりなどを見てテクニックに重点をおき、短期に売買を繰り返すデイトレード（day trade）であって利益は少ない。デイトレードは少ない資金で運用しても利益は小さく、短期売買は大きな資金を動かしてこそ利益も大きく出るのである。

またこういう企業の例もある。ＩＴバブル崩壊、リーマンショック、新しい事業を始めるときなど、元々借金が多く、資金面から、ＣＤＳ〔(credit default swap) 社債や国債、貸付債権などの信用リスクに対しての保証料のようなもの〕値が上がり、メディア、エコノミスト、アナリスト、証券会社など、全てがその企業を倒産の危機と報じた。中には銀行も資金を引き上げるのではないか？と報じるところもあって、その度、株価は暴落した。その銘柄の株を保有し調査研究している長期保有者は、その都度とことん下がるまで待っていて、超バーゲンセール状態になったとき、少ない資金で、持ち株以上に買い増しを繰り返した。かたや同じ銘柄でも、調査研究をしていない短期売買者は暴落する中、慌てて大きく損切りをして売ってしまった。

後に、その銘柄は成長する過程で株式分割もし、何年か経って株価が何十倍にも上がった。この両者の差は大きい。これに似たことを何度も繰り返した場合、両者の資産の格差は言うまでもない。ここで言えることは、自己の保有銘柄の株については常に調査研究をして、メディア、エコノミスト、アナリスト、証券会社などよりもはるかに詳しい知識を持っているということである。

毎日、一日中パソコンにへばりついてデイトレードをしているよりも、経済や企業を充分調査研究をした上で長期保有をし、パソコンに張り付いている間を生産性のある仕事に変えたらどうかと思う。調査研究をすることによって、知的財産も増え、良い収入に結びつくかもしれない。格差のでき方は、元々親から代々受け継ぐ資産家も多いが、最近では女性も含め、若くして起業し財をなす人や、前述した資産の運用方法の違いもあって、多岐にわたり、親から受け継がない資産家の割合が多くなってきた。これらは各自の血のにじむような努力で勝ち得たものに違いなく、格差を非難するのはどうかと思う。資産の再分配化を主張する著名人もいるが、これは自由主義の特徴である競争原理が働かない社会主義化であり、国の衰退を意味する。

高度成長期には、公共事業（特に土建関係）でインフラ関連の工事をすれば現在よりも人手が必要で、機械化が充分でなかったこともあり、誰にでもできる仕事が多くあった。一時、不動産を中心とするバブル景気はあったものの、その後急速に冷え込み、一九九一年、「平成の高橋是清」ともてはやされた宮澤喜一が総理に就任して以来、多額の公共投資を続けたものの、無駄な借金や維持費が増えるばかりで、経済への波及効果は上がらなくなっていた。そんなことから二〇〇一年小泉内閣になって、プライマリーバランス〔primary balance（国の財政で、公債金を含まない税収などの歳入と公債金以外の歳出の差額）〕を改善するため、土建中心の公共投資は大きく縮小された。そして一九七三年から変動相場制になっていたこともあり、国際競争力は徐々に落ちて、誰にでもできる仕事は海外に出てしまい、今も長いデフレが続いている経緯がある。

もう公共投資では昔のように経済は活性化はできないし、ものづくりも付加価値の高いものを作らなければ生きてはいけない時代になった。しかし、その付加価値の高いものでさえも、工業製品であれば人件費の低い国で生産するようになっている。このように我々は現在、グローバルな世界の中で生きているのである。

地方を見直し農業を活性化すれば、国内で農業は生きていける。何と言っても瑞穂の国なのだから…。もう少し深掘りしてみると、農地保有者の過疎化が進んでいるということは、逆転の発想をすれば、一人当たりの農地面積が多く持てるということになる。そこで、今世界で一番安心で安全、そして美味しいと評判が上がってきた日本の農作物に力を入れるべきである。間違いなく輸出は増える。このようにして付加価値の高い作物の生産性を上げて作れば、過疎地も生かすことができる。例えば長野県で年収三千万円のキャベツ生産農家もある。今まで莫大な費用を注ぎ込んで農業を衰退させ、競争力を落としてきた愚策（減反政策や規制）をなくし、自由化されれば、今までそれに費やされてきた費用は前向きに使えることもできる。そして大きな資金やＩＴなど、幅広い技術を持った企業が参入して、今まで思いもよらなかった農業が生み出されるに違いない。

林業で言えば、木材を使った夢の新素材、『セルロースナノファイバー』の研究やその応用も進みつつあり、もう既に実用化している製品もある。このように形を変えれば、林業をもっと生かすことができるのだから、もっと木材の応用を早急に進めなければならない。

若者が都会に出ても仕事に就けなかったり、将来の展望が持てないような生活のためだけのアルバイトであったら、農業や林業に携わるほうがよほど生活の安定や将来に希望が持てるのではないかと思う。もちろん地方のありようも変える。たとえ過疎地でも、生活エリアを集中させて住居や施設を集めると効率も良く便利になるし、インフラ費用も少なくて済む。やがて新たに商店などが増えて仕事が生まれれば、さらに人が集まる。このように考えると地方の特色を活かした将来も見えてきて、農林業国家への希望が持てる。


そして、これからは原子力や化石燃料に代わる新しいエネルギーや、バイオテクノロジーを駆使した医療革命がさらに進むだろう。もう育ち初めているものもある。

また、これからは高齢社会がしばらく続くため、非生産者であり被介護者の割合が増えることで、就労世帯の人手が介護に取られると外貨が稼げなくなる。したがって労働者や企業は生産性を上げる努力が今よりも必要になるだろうし、人に代わって介護の仕事をする高度な人工知能を持ったロボットの活用もますます期待される。

そして全てがネットにつながっているIoT（Internet of Things）化も望まれる。また、機械は必ず故障をともなう。ロボットも必ず故障するから、自らを修理できなければ人口減少には対応できない。なお、これらにはどうしても高性能な蓄電池も必要である。


智則は、災害に強い日本創造のための構想や技術に興味を持っている。

このような事々が進んでくれば日本も希望を持てるようになるだろう。智則はこれらを念頭に情報を探している。このような情報収集にはサイエンスの現状や未来を読む力がついて回る。そして智則は日々の仕事の材料を探すためにも毎日情報収集を欠かさない。情報収集や、クライアント〔client（顧客）〕から依頼された仕事をしている智則には声も掛けにくい。それほど集中しているのである。そのことを陽子は智則に言った。

「僕たちも毎日、浜島の荒海の中にいるようなものだから気が抜けないのさ。安定した企業の社員や、公務員のように毎月の収入は保証されていないのだから」

「そうか、荒海の中にいる小船みたいなものなのね」

授業中、一人の女子生徒から、花柄で飾られた小さなメモ用紙を渡された。

〔ご相談があります。今日授業が終わってからカフェ『カトレア』でお待ちしています。いらして下さいませ〕と、書かれていた。終業後カフェに行くと、彼女は既に来ていた。このようなところを陽子に見られたら大変なことになるので、事務所で用があるふりをして時間を潰し、遅れて学校を出たのであった。

「お待たせしてしまいました。事務所で用がありましたので」

「お忙しいところ、ご無理をお願いして申し訳ありません」

「私に相談とは？」

彼女は智則にパンフレットを見せた。

「就職のことです。今、このような求人があるのですが、まだ無理でしょうか？」

「仕事の内容によっては、あなたなら対応できると思います。あなたは他の方たちよりもずばぬけて優秀です。就職はチャンスが大切だということは僕も分かっています。でも、僕としては伝えておきたいこともまだたくさん残っていますし、せっかく学校へいらっしゃったのだから、最後まで授業を受けてほしいと思います。授業を最後まで受けたからといって、全てを習得することはできないのも事実ですが…。今後の授業の中で言いますが、どのような技術でも奥が深く、ここまですればいいという限界はないのです。その上、何もかもが日々進歩しています。ここまでしておけば後は自分の努力次第で独学ででもできる、というところまで伝えておきたいと思っています。僕の言えるのはここまでで、あとはご自分で判断して下さい」

「先生のおっしゃる意味はよく分かりました。よく考えてみます」

「どんな業種でも、技術者は大変な職業だということを覚悟しておいて下さい」

「先生はフリーでなさっているのですね。それだけに、なお、お分かりになるんですね?」

「フリーでなくても、技術は言い訳のきかない絶対的なものなのです。例えば小惑星探査機『はやぶさ』はイトカワへの軟着陸や当初目的にしていた物質の採取もできず、イオンエンジンも故障が続き、帰る途中見失うなど失敗が続きましたが、何とか帰還することができて、世間から生き物のように賞賛を浴びたのはご存じですよね」

「私も興奮しました」

「サイエンスや技術は、考え、構想し、計算し、設計し、作り上げて、本来の目的を果たしてこそ意味があり、それが当たり前のことで、それ以上のものではないのです。技術者から見れば『はやぶさ』のミッション〔mission（組織の活動目的、任務、使命）〕は失敗です。描いた通りに実行できなかったのですから…」

「厳しい見方をしていらっしゃるのですね。それなら、なおのこと、フリーで仕事をなさることは大変なことでしょうね？」

「おっしゃる通り。毎日荒海の中を小船に乗って、難破しないように操船しながら艪を漕いでいるようなものなのです」

「先生と同じ船に乗っているなら、私、怖くはありません。先生のところでお手伝いさせていただけませんか？」

「もっと、しっかりした会社を選ばれたほうがいいでしょう」

「私、今まで教えていただいて思ったんです。小、中、高、大学まで色々授業を受けました。先生のような人は初めてです。先生となら、先ほどおっしゃった荒海も越えて行けるかと…」

「そうですか。自分に合う人と出会うことは、日常的にあるものではありません。そういう意味ではあなたは僕に似たところがあるかもしれません。でも、女性の場合は案外順応性があるとも聞いています。僕の場合、何人かの経営者の方に『あなたは鋭利な諸刃（両刃）の剣ですね』って言われたことや、会社へ勤務していたときのことを考え、結局この剣に合う鞘を探すのはそう簡単ではないと思いました。鞘は会社とか社長や上司と思っていただいてよいのですが…。このように僕はやっぱり一匹狼（羊かな？）が性に合っています。それに僕はまだ人様を使える器ではありません」

「おっしゃることはよく分かりました。でも、諦めたわけではありません。このことも考えておきます。あのう、お宅のほうへお伺いしてもいいですか？」

彼女にとって、パンフレットは機会を作る口実に過ぎなかったのである。

「今は皆さんと公平に向き合わなければならない立場です。お分かり下さい」

間近で見る彼女は明るくて知性的だった。品性のある美人で、智則の好きなタイプである。智則は彼女に魅了され、心は揺れている。もし陽子がいなければ、どんな展開になっていたか分からなかった。二人はカフェを出て別れたが、列車に乗っても彼女の余韻が智則の心を占拠していた。

その後、智則と陽子の生活や智則の仕事、そして学校での授業はいつものように変わることなく続いた。

ある日の授業のトイレタイム後、智則は言った。

「今までは機械や電気などと比べ、土木、建築技術の進歩は遅れていましたが、最近では大地震、大津波など数々の災害が起こり、かなり変わってきました。関係者も対応を迫られるのです。大抵は災害によって破壊してからの対応で、後手に回っているのが現状です。木造では色々な補強や基礎、また鉄筋コンクリートでも、耐震、免震、制震などの防災や防火対策も強化されています。今ニュースで話題になっている地面と建物の間に免震ゴムを入れるのも方法の一つですね。また地面と建物の間に球体を入れ、地面が横揺れすると、球体が転がって、地面の横揺れを建物に伝わらなくする方法もありますが、揺れが終われば球体と建物は元の位置に戻ることや、浮き上がり防止を付けなければなりません。そして縦揺れも吸収しなければならないですね。下から急激に突き上げる力は比例的に吸収し、下がるときは速度を落として元に戻るようにすれば上下震動は緩和されます。振動を吸収するダンパー（damper）のようなものを想像して下さい。この上下の揺れと横揺れ対策を合わせることで、建物には揺れの伝わりが少なくなるのです。実験は必要ですが、実はこの方法を僕はもう考えてあるのです。結構簡単な方法です。なおこの方法は、免震ゴムのように、建物の上部に行くほど揺れ幅が大きくなるということはありません。しかし方法は法律で決められるため、勝手に使うことはできません」

「先生凄い」と誰かが言った。

「いいえ、あなた方も考えてみて下さい。きっと良いアイデアが浮かぶと思いますよ。そして、現状を批判するときには必ず代替案を考え、用意しておく癖を付けて下さい。これもアイデアが出るようになる方法の一つです」

「このようなことから新しい方法が認可されれば、建築基準法も度々変わってきます。新しくしたからといって、完全ではありませんね。大地震が発生すると、色々な建築物があっけなく崩壊してしまう事実を見ておられますね。建物はじっと静かに建っているから、強度計算も静力学で考えられることが多いようですが、一旦地震が発生すると、家は揺れて、動力学の分野の計算が必要になります。全てが軽く、上下が同時に動けば問題はないのですが、地面が揺れたとき、建物の上部が重いと上部の重いところは慣性によって動こうとしないが下部は揺れて、さらに何度も揺れている間に上下が逆方向に繰り返して揺れるようになり、たとえ金具で止めていても木材は軟らかいからすぐ隙間ができ、上部と下部の間で強度が保てなくなり破壊するのです。このとき、どのようなことを考えなければならないかというと、地震、即ち揺れの加速度が問題になります。加速度とは簡単に言うと『微小時間における速度の変化』です。例えば自動車であれば、短時間で低速から高速になると加速度が大きい。逆に高速で何かに衝突すると急に速度がゼロになるから、大きな減速度となって衝撃も激しくなります。このように加速度や負の加速度である減速度が大きければ大きいほど大きな力が加わって、破壊力は大きくなります。これは『加速度と質量の積が力』になるという、古くからあるニュートンの運動方程式で計算できます。これからの建築設計は運動力学の分野も重要視し、過去の経験だけでなく、木造にも材料力学をもっと取り入れ、計算で算出した数値よりも何倍もの安全率を持たせ、強度を高めることや緩衝材を入れたり、考えた構造設計をするなど、課題は山積みなのです。また自然からも学ぶことが大切です。例えば二枚貝の貝殻の片方の開いた側を下にして置くと、結構丈夫ですよね。あれはドームに似ていませんか？　建物の側面を円筒にするのも強いですね」

「昔からの日本建築は大体同じ建て方が多いから、今でもその慣習が残っているのも事実で、あまり力学を取り入れていないように思われます。いわゆる昔からの大工さんを想像すればこのことが分かると思います。災害が起これば筋交いを入れたり、構造物の継ぎ目に補強金具を入れたりして、傷に絆創膏を貼るような対処方法をしているに過ぎません。したがって先ほど話しましたように簡単に崩壊するのです。これらのことは僕が考えていることで、あなた方の教科書には記載されていません。ご存じの通り、新しい建築基準は震度七に耐えるはずなのですが、地震後建物の外観上は持ち堪えても、構造やネジを使った補強部分もガタガタになり、二度目の地震で完全に潰れました。これでは震度七に耐える設計とは言えません。科学や設計とは理論通りの結果が出て当たり前で、言い訳のできない絶対的なものなのです。そして、それ以上のことは何もないのです。破壊するということは建築基準が悪いか、設計、あるいは工事の誤りに他ならないのです。何か発生した場合、この建築基準法が施工関係者の言い訳材料に使われていることも事実です」

「皆さんの本来の授業はただ描ければいいというカリキュラムですが、僕はよくコピーを渡したり、時々小難しい数式を入れ、力学の一部を紹介したり、カリキュラムにはないのに、授業のスタートで機械製図の基礎的なことを入れたのは、これを覚えることによって、今話したことや、建築関連以外の図面も描け、発想したことを具体的に図面化できること、そして職を探すのにも範囲が広がるし、建築関連の図面も描きやすくなるからです。僕はあなた方に建築関連の単なる絵描きにはなってもらいたくないのです。それなりの裏付けがあれば、理解もしやすいし力も付く。そして後々仕事に必要なことが出てきたとき、独学でも学習できれば…と、僕の期待も入っているのです。したがって学校側と度々意見の食い違いができます。他校舎から転校してきた場合は、この授業について行けないことが発生しているからです。この人たちには個別に対応しています。皆さんの中にも僕の進め方に不満を持っていらっしゃる方もあるかと思いますが、学校側の指示のように教科書通り進めれば、仕事をするときの理解力やミスマッチが出てきます。先ほどお話ししたような考えがあってのことですので、ご了承下さい。本当は教科書通りにしておいたほうが講師は楽なのですが…ついでに言い添えておきますが、進歩的な会社というか、そのような技術者がいる建設会社は、鉄やコンクリートでも最新の強いものを使ったり、木材でも処理や加工が加えられ、強くて燃えにくいものを使い、独自の防災対策を考え、それをどしどし取り入れているところもあります。しかし材質が違うだけの場合、図面にはあまり変わりはありません。強い材質を使う場合、力学計算をすれば材料の大きさは節約できますが…ここまで言えば僕が何を言いたいか、よくご理解いただけると思います。大学を卒業したり、一級、二級の建築士のライセンスを得たからといってもゴールではなく出発なのです。僕たちはそのような中にいるのです」

「先生、何だか教科書に思い入れがなくなりました」と一人が言った。

「僕は教科書に訂正を入れ、コピーと黒板で新しいことを付け加えました。教科書にも愛着を持って下さい」

何日か経ったある日の授業でのこと。

「今日は少し経済のことを話しておきます。経済という言葉を聞くと難しいと思い込み、毛嫌いしてしまう人が結構いるものです。しかし、私たちの暮らしは経済で成り立っているのであり、仕事とも切り離せません。経済といっても幅が広いですから、今日は価値に絞り込んで話します。日本のバブル崩壊とかリーマンショックという言葉をテレビなどでよく耳にしますが、皆さんの中には知らない年代の方もいらっしゃると思います。例えば不動産、株価、美術品など、本来の価値以上に評価され、利幅を得ようとして、我も我もと買いが買いを呼び、借金してまで買われることも多く、価格が泡のように膨れ上がったあげく、ある時期、本来の価格に戻ろうと泡がはじけるように価格が急落することをバブル崩壊といいます。こうなると心理的な影響が大きいこともあって、今度は売りが売りを呼び、金融当局も打つ手がありません。膨れ上がった頂点で借金してまで買った人は大きな負債が残り、金融機関も貸し付けた資金が戻らず、不良債権が積み上がって倒産する銀行や証券会社も出てきます。こうなれば国中の経済が沈下して活力は出てきません。正当な価格とは、買ったものを売るときに利幅があることだと思いがちですが、そうではありません。例えば商業地の地価でしたら、もしそこで商売をしてどれだけ収益が得られるか計算してみると、正当な価値に近づくでしょう。個人の住宅ローンは、余裕を持って返済できる価格が目安になります。株価は、その企業が将来も含めてどれだけの収益を生み出せるかの評価値ですが、その説明には時間がかかりますので、この程度にしておきます。これらの価値については、皆さんがこれからする仕事の見積もりにも無関係ではありません」

智則は一息入れるようにして、また話しだした。

「リーマンショックの話をしましょう。これはまず、買った不動産が値上がりし続け、値上がりした物件を担保にしてより高いローンに組み替え、次々物件を買い換えていったのです。いつまでも上がり続ければ全ての人に利益が出るのですが、そのうち不動産は値打ち以上に大きく値上がりしてしまい、不動産以外の買い物も入れ、返済不可能なほどの高額なローンを組んでいったため、いわゆるバブル状態になったのです。ところが、ある時期バブルが弾けたため、返済能力の低い人たち向けに期限が来たら高金利になる『サブプライム住宅ローン』と言われる商品を利用している人たちへ多額の資金を貸し付けていた金融機関への資金の返済がされなくなってしまいました。返済ができなくなればアメリカでは物件のみを返せばいいから個人には借金が残らず、金融機関に大きな負債、すなわち不良債権が残りました。このサブプライムローンを特に大量に抱え込んでいたのがリーマン・ブラザーズで、破綻に至ったのです。この会社の社債を持っていたり、サブプライムローンを証券化し、他の優良債券と混ぜて証券化した金融商品を、世界中の金融機関に売りさばいていて、これも暴落したため、世界中の金融機関が大きな負債を抱え、破綻する金融機関が続出し、世界中の経済を沈下させてしまったのです。これをリーマンショックといいます。これらは何と金融のプロと言われる人たちが先頭に立って引き起こしたことなのです。テレビとか、有名人やプロが言っているから大丈夫ではなく、自分自身で納得できる本物の価値を見出すことができるようになって下さい。これ以上話すと長くなりますので、このぐらいにしておきます。今日は正当な価値に関する話をしました。大切なことですので、よく覚えておいて下さい」

智則は相変わらず仕事や授業などが忙しく、陽子に「またハルカスにも連れて行くよ」と言ったものの、二人で繁華街に出かける機会もないまま、普段の生活が経過していった。

最後の授業の日となった。

「今日は最後の授業となりました。せっかく皆さんと親しくなったのに、別れるのは辛いですね」と智則は言った。

「これからも会えば別れにならないじゃない」と女子の一人が言った。

「茶化さないで真面目に聞いて下さい」

「私は真面目よ」

「話を続けます。皆さんはインテリア、パース、簡単な建築製図など描けるようになりました。コーディネートもできるようになりました。大変嬉しく思います。このように図に表すことができるようになったということは、言い換えますと、頭の中に発想したことを、それに合った方法で、自由に描いて第三者に伝えることができるわけです。つまり仕事は与えられるのではなく、自分から作り出せるということです。しかし、ここで覚えたことはあくまでも技術の表面だけだということを覚えておいて下さい。前にも言いましたが、例えば材質も色々あるし、その材質もできるだけ加工を少なくすれば工事費は安価になります。強度計算が必要なところも出てきます。これは力学でできますね。また、どんな色にしたらいいか、メンテナンス（保守、管理）や掃除のしやすさなど、これら学習しなければならないことを自ら見つけ、どんどん知恵が付いてくると思います。このことは仕事をすることによってますます忙しくなることを意味します。技術者には学ぶことに限度がないのです。新しい材料や技術も日進月歩生まれてくるし、自ら生み出しているのです。頼るのは自分なのです。良い仕事をするには、焦らず、少しずつ知恵を身に付けてゆくこと。そうすれば、いつの間にか素晴らしい技術者になっていることでしょう。どんな大きな仕事でも部分の集まりですから、決して恐れることはありません。建築も、機械も、物語を綴るのも、大きな構想を描いて部分部分を仕上げ、全体をまとめ上げるという意味では変わりません。そして私がいつか言いました人生方程式を常に頭に置いてほしいのです」

「最後に何年か前、宮大工の西岡常一さんは『木組みは人組なり』と言われていました。木には、産地や種類それに同じ木でも曲がったり、癖がある。一種類の素直な木だけでは良い建物はできない。その癖のある木でなければ使えない箇所もあり、それぞれの木を用途に合わせて使ってこそ、建物も美しく丈夫で長持ちする。人も色々の個性を持っていて、適材適所に配置して目標と自分の責任範囲が分かっていれば、安心して目的に向かって突っ走ることができるとおっしゃっていたことを言い添えて終わりにします。ご苦労様でした」

「ありがとうございました」

少し間を置いて、女性の一人が言った。

「明日から私たちの後、また新しい生徒さんに教えられるのですね」

「はい、そう言うことになります。ああそうそう、今まで言いそびれていましたが、テレビドラマの中で、時折、若い女性が建築関係の仕事を演じ、美しい服装でハイヒールを履き、さっそうとした格好良いシーンを見かけることがあります。しかし現場に行ったりすると、ヘルメットを被り、重い安全靴を履き、重い図面、資料、カタログなどを携帯することも多いのです。このような現実もあることを認識しておいて下さい」

「そんな夢を壊すようなことを言わないで下さい」と女性の一人が言った。

# 六、国家の存続

智則と陽子は学校関係者の若い女性三人を誘い、五人乗りの車で志摩へ向かって走った。「伊勢えび祭」に合わせて遊びに行こうと約束していたのだ。途中ドライブインで時々休憩しながら、阪神高速道路↓西名阪高速道路↓名阪国道↓伊勢自動車道を走り、浜島には午前中に着いた。全員が陽子の実家に泊まることになっている。仕事の関係上、祭りが終われば、智則と陽子以外の三人は先に列車で帰ることになっていた。

到着した当日、剛ら若者たちは舟を用意して待ち構えていた。三人の女性たちの案内は浜島の若者たちに任せ、智則と陽子は陽子の家に残った。

浜島の若者たちは、海上から自慢の景勝地へ案内した。彼らは垢抜けした女性たちが島に遊びに来てくれたことを、飛び上がらんばかりに喜んだ。彼女たちも彼らの親切な対応にはしゃいでいる。さながら型破りのお見合いパーティーが催されたようなものである。

「お魚、釣ってみたい」

「よしきた。準備万端承知の助」

いわゆる舟釣りである。彼らは釣りの方法を教え、餌も付けてやった。

地元の漁師しか知らないよく釣れる漁場で釣るのだから、釣れないはずがない。魚が釣れるたびに喚声が上がった。もちろん調理する用意も怠りなかった。釣り上げた魚をその場で刺身にしたり、焼いたり、前もって用意した魚貝類も調理してもてなしていたら、あっという間に日が暮れてきた。

陽子の家に泊まる予定だった三人の女性たちは、若者たちの家に泊まるよう話がついたと言って荷物を取りに来た。このことも彼らが前もって決めていたプランの一つなのだ。各家で三人の女性たちはＶＩＰ〔very important person（重要人物）〕待遇のもてなしを受けた。翌朝、高台から英虞湾《あごわん》のリアス式海岸や、島々の光景を見せることも計画に入れていた。彼らは何日もかけてプランを考えたに違いない。智則と陽子、それに近所の皆はこの中からカップルが生まれることを期待していた。

一方、陽子の家では久しぶりに帰郷した二人を歓待した。大阪では毎日忙しいから、智則もここでは実家に帰ったつもりで、のんびりした気分になっていた。

平助が陽子に尋ねた。

「どうじゃ。大阪の暮らしは？」

「毎日が荒海の中で、操船しながら、小船の艪を漕いでいるようなものだって…ここの生活と同じだと智さんが言っていたわ」

「そうか。あれだけのマンション、自分たちのものだと言ってたな」

「うん」

「大したものじゃ」

「家賃が要らないから助かるわ」

「陽子は幸せなんやな」

「ええ、でも、困ったことがあるの」

「何じゃ」

「色々な女の人が家に訪ねて来て、妻である私を無視している言動もあるの」

「智さんは何と言っているのや？」

「不可抗力だって」

「面白い言い訳じゃのう」

「感心している場合じゃないわ。私にとっては重大事よ。それに、終了した受講生まで時折教室へ訪ねて来て、授業が終わるまで待っているの。私が帰った後、二人で話しているみたいなの。何の用か知らないけれど…」

「それも智さんに尋ねたのか？」

「ええ」

「それで？」

「アフターサービスだって」

「アフターサービスは必要と違うか？」

「もうー、テレビの修理じゃあるまいし」

「そのぐらい我慢せな。智さんじゃものな。あんな男、そうはいないぞ」

「爺ちゃんは智さんの味方ね」

「味方とかそんなものじゃない。雑魚が駄目というわけではないが、雑魚は雑魚じゃ、いくら頑張っても、束になっても、マグロにはなれない。まれに『歩』も『と金』になるものもいるが、智さんはマグロじゃ。元々『金』や。だから陽子が好きなように、他の女も寄ってくるんや。モテる男のほうがいいぞ」

「もうー　おかしな理屈言って…」

「陽子も他の女たちに負けるな！」

「慰めてくれると思ったのに…今日付いてきた三人の女性たちね、智さんは若者たちに紹介するつもりらしいけれど、彼女たちの目的は智さんなの」

「こりゃ、おったまげた。ますます陽子は頑張らなあかんな」

「もうーもうー」

「智さんを信じることや」

「ところで智さん、どこへ行ったのかしら？」

「先ほど堤防の上で寝そべって、遠くを見ていたようやけど」と、母親の菊が言った。

「ハハハ…怠け病と逃避病また始めおったな」平助は言った。

「毎日、この町の人たちの何倍も頭が働いているみたい」

「そうでなければ独立して、あれだけのマンション持てないやろ。陽子、女のことは我慢して優しく包んでやれ。他の女に取られるぞ」

陽子は思い出したように、指にはめている指輪を見せた。

「これ、智さんに買ってもらったの」

「おう、綺麗なものじゃのう」と、兄の四郎が言った。

「家で作っている真珠もこんなに綺麗になるんよ」

陽子は手の平を上下に回して、指輪を見せながら言った。

「心斎橋へも連れて行ってもらったのよ」

そう言って見せたプリクラで撮った写真には楽しそうな二人が写っていた。


夜になり、家族揃っての楽しい夕餉の時間となった。

父の平太と智則が島の若者たちを話題にする。

「明日は伊勢えび祭やな。あの若者たちも祭りで忙しいはず。彼女たちをどうするつもりじゃろな」

「早朝、高台でリアス式海岸や島々を見せた後、祭りに参加すると言ってましたよ」

「彼らも明日は忙しいのお」

「祭りが終われば、彼女たち三人を駅まで送って行かなければならないな」

智則の発言にすかさず陽子がこう言った。

「私が送っていく。あなた、この辺の道、分からないでしょう」

智則と彼女たちだけにしたくないのである。

「うん。頼む。気を付けてな」


毎年六月の第一土曜日、海浜公園を中心に、海の幸への感謝と豊漁を願って、浜島町伊勢えび祭保存会主催で「伊勢えび祭」が開催される。

今日がその日である。朝から志摩特産品等の物販市が出店され、地元内外の人たちが押し寄せ、それぞれ目的のものの買い物を楽しんでいる。やがて魚介類の供養と、豊漁、ならびに町の安全への感謝と祈願をする式典へと移っていった。その後、太鼓の囃子で「よいやさ」のかけ声の中、浜幼稚園年長組のじゃこっぺ踊り、次に学生じゃこっぺ踊りと盛り上がっていった。この祭りの中、えびを出汁にした味噌汁『伊勢えび長寿汁』が出された。智則たちも興味半分で食べることにした。

「たしか…昔は無料だったと思うんだけど…」陽子が言うと、智則が、

「伊勢えびを使うだけに、人数が増えたら費用や準備で大きな負担になるものな」

智則たちと一緒に来た女性たちも美味しそうに長寿汁をすすり込んだ。

そして夢街道沿いを、道中じゃこっぺ踊りを踊りながら進んで行く。二台の舟山車上で盛り上げる囃子方の囃子に合わせ、じゃこっぺ踊りのコンテストが行われ、日頃磨いてきた踊りの技を競い合った。

「ここにいた頃は陽子も踊ったのか？」

「うん」

「陽子の踊り、どんなだろうな？」

「上手に決まっているじゃない」

自信を持って言う陽子を眺め、智則は〈やはり志摩の女だ〉と思った。

そのうち貫禄のある伊勢えびの巨大神輿が出てきて、その迫力に圧倒された。神輿が会場を練り歩く。いわゆるクライマックスである。別の場所では水産高校の実習船「しろちどり」が一般公開されていた。

日が暮れると花火大会が行われ、名残囃子に送られながら見物客らは帰路に就いた。

皆を送ると言った陽子に智則が言う。

「陽子、頼むな。気を付けてな」

「あなたが見送ってくれるのじゃないの？」と女性の一人が言った。

「彼女のほうが土地勘が良いから」

智則がそう言うと、不満そうに三人は陽子の運転する車に乗った。

「僕はここで見送る。それじゃまた学校で…」

昨日彼女たちをエスコートしていた若者たちは、祭りの運営で忙しく、顔を出すことができなかった。


祭りの次の日、智則と陽子はドライブに出かけた。波切の駐車場へ車を預け、坂道を大王崎に向かって歩き、坂道沿いの小さな喫茶店へ入った。

若いメイドが注文を聞きに来て、二人を見て言った。

「新婚旅行ですか？」

二人は顔を見合わせ、陽子が言った。

「はい、そうです」

メイドは羨ましそうな顔をして言った。

「良いですね。私も行きたいな」

「ここは新婚旅行が多いのですか？」と智則が聞いた。

「はい。だから大体分かるのです」

メイドは注文を聞いて奥へ入っていった。

「新婚旅行ですか？　だって」と陽子が言った。

「そう言えば、式も旅行もしてないな」

「今頃気が付いて…」

「行きたいか？　式を挙げたいか？」

「女ですものね」

「そうか。悪かった」

「うそよ。式はお爺ちゃんがドサクサに紛れて挙げてしまったし、毎日がハラハラした新婚旅行みたいなものやから」

「それどういう意味や」

「家に訪ねてくる女の人たち、何とかしてよ」

「彼女たちへ何と言えばいいのや」

「そんなこと自分で考えてよ」

「でも、陽子のいるところへ訪ねてくるほうがいいのと違うか？」

「私の身にもなってよ」

「僕は陽子が思っているほどモテてはいないよ。『女房が妬くほど亭主もてはせず』って昔から言うじゃないか…」

「あなたの場合は少し違うと思うの」

「僕を信じることや。これしかない」

「辛抱しなきゃ駄目なのかな…静御前よりもズーッと、ズーッと幸せなんやものね」

二人のやり取りが聞こえていたのか、メイドは意味ありげな笑い出しそうな顔をして、注文したものを運んできた。

飲み終わった二人は灯台へ向かって歩いた。ここから見る風景は智則お気に入りの景勝地である。ともかく海が美しい。

二人は列に並んで灯台に入った。前に短いスカートの女性がいる。急な螺旋階段なので、行く手（上）に目を向ければ覗かなくてもスカートの中が丸見えである。

「困った。陽子どうしよう？」

「あっ、私もスカートやわ。どうしよう？」

「後がつかえているし」

「私はバッグで隠すから、あなたは下を向いて歩きなさい」

「危ないな」

「あっ、分かった。あなたがここを好むわけ」

「言いがかりは止してくれよ。それなら陽子と来ないよ」

「一人でこっそり来るの？」

馬鹿な話をしながら灯台を出て波切へ下った。波切《なきり》漁港を囲む外側の波切《なみきり》堤防には、外海の荒い波が押し寄せて波しぶきを上げている。

「魚釣りには良さそうやな」

「魚釣りは帰ってから、家の近所でたっぷりすればいいわ」

「この志摩の地にいるとオゾンたっぷりの潮の香り、心地良い波の音がして疲れが取れるよ」

陽子は智則の顔を見て微笑んでいる。


翌日、智則の姿が見えない。陽子は少し心配になって兄の四郎に尋ねた。

「智さんどこへ行ったの？」

「先ほど堤防で寝てたけど」

「先ほど通ったけどいなかったわ。海に落ちたんじゃないかしら？　寝てても時折ベッドから落ちるんよ」

「陽子が蹴り出すんじゃないか？」

「どこへ行ったんだろう？　智さんは土地勘はないし」

陽子は胸騒ぎを覚えて、あちこち尋ね歩いた。すると、一人の漁民が智則を見たという。

「そこに繋いであった古い伝馬船を見つめていたが、『借りて良いですか？』と言うから貸してやったら、しばらくその辺で艪を触って遊んでいたのに、どこへ行ったんやろ。舟もないな…」

陽子はますます心配になった。

智則は何でも興味を示し、実行してしまうからである。まさか、漕ぎ出して行ったのではないか？　しかし、見渡せる範囲には伝馬船は見えない。

智則は古い木造の伝馬船が気に入り、映画で見たシーンを思い出しながら漕いだことのない艪を漕いだ。初めは舟から艪が外れたりして難しかったが、智則は慣れるのも早い。工夫しながら岸から少し離れたところまで漕ぎ出して、静かな波の上、舟の上で上向きに寝そべった。何時しか眠ってしまい、離岸流によって舟は流され、本人の知らない間に漂流していたのである。

いなくなった智則を、陽子や皆が心配して探し始めた。波は少し荒くなってきて、それとともに潮音も気になり出した。

目が覚めた智則は自分が今どこにいるか分からない。携帯電話も何も持っていない。これ以上波が荒くなれば、慣れたとはいえ船酔いもきつくなる。

「堤防の代わりに伝馬船で寝てしまい、流されたのやわ。あの人泳げないの。大抵の人は海水の上で顔だけ出していれば浮いているのに、あの人は沈んでしまうと言っていた。冷たい水に濡れたら筋肉の痙攣も起こる…」

智則の性格や身体のことをよく知っている陽子が不安そうに言う。

その頃、智則は〈皆、心配してるだろうな。この舟は木製で古い。岩や漂流物にぶつかっても潰れてしまう。また波によっては海に放り出されてしまう。転覆もある。今、海に放り出されれば確実に死ぬ…本当に死ぬかもしれない…陽子、堪忍な。僕の不注意から、こんなことになってしまった〉と考えていた。陽子が心配しているように智則は海の上ではどうしようもできないのである。

「智さんを探して！　智さんを探して！」

陽子は泣き喚いている。船主たちは漁船団を出港する用意を始めるとともに、海上保安部、警察、消防、防災航空隊などへも連絡をした。

「あの伝馬船には何もない。それに、ぼろ船や」と漁民の誰かが言った。

「俺が探してやる。必ず連れて帰る。勝手知ったる俺たちの海や。潮の流れも知り抜いている」

そう言って剛は若者たちを集めた。「私も行く」と、陽子は剛の舟へ乗り込む。しだいにあたりが暗くなってきた。普段から智則は決断や覚悟を決めるのが早い。

〈もう、じたばたしても始まらない〉

覚悟を決めた智則は〈最期は自分なりの死に方をしよう〉と思った。

この土地の津波や人口減少に胸を痛めていた智則は、その対策について構想することに決めた。

莫大な費用をかけ、長大な高い防潮堤を築いても、地震や津波に耐えられるとは限らない。それに一〇〇年は持たないだろう。さらに、高くて長い防潮堤ができれば、邪魔になり、自由に海を使いこなせないばかりでなく、景観も悪くなる。

そこで長大な高い防潮堤は止め、津波や地震対策は免震、制震を兼ね備えた高層ビルを建てる。免震装置を考えるとき、直下で段付き地割れが起きても建物には影響ないように、深く丈夫な岩盤まで杭を打ち込み、基礎も割れないように鉄筋コンクリートにカーボンファイバーのような丈夫な繊維を練り込んだりした上に厚くして、免震装置を幾つかに分けるなど工夫をする。念のため、ビルの四方と基礎地盤を丈夫なワイヤーでつないで、倒れないような工夫もしておく。

高層ビルの周囲は、津波や漂着物防御のため、丈夫な筒型防潮堤で複層に囲む。筒型形状は平面形状よりはるかに強いのである（簡略全容は本書の表紙カバー図参照）。図は丸ビルにした。台風の時など強風の場合、海岸近辺は風当りが強い。そこでビルの水平断面を円形にすれば風当りを受け流しやすい。もちろんサッシや強化ガラスも円形に合わす。そうすれば丈夫になる。受け流して両側に流れた風速は速くなり、圧力は下る。そして風が当る背面には被害想定がしにくい渦が発生する。実験は必要だが、ベランダがあれば抵抗になり風速や圧力降下、そして渦も緩和できるのではないだろうか。その中へ住居を集めて四〇階建ほどにすれば、七百世帯は入《はい》れる。この地は街に行くのが不便である。その分、この高層ビルだけで暮らせるように内部を便利にすればいい。便利な所へ集まるのだったら住民も異存はないだろう。ビルの一〇階以下の開閉部分は密閉できるようにし、住居や役所、医療機関、買い物ができるセクションは一一階から上に作れば、三〇メートルの津波が来ても心配はない。また、最上階とそれに近い高層部分はホテルにして、屋上にも自由に出入りできるようにするといい。内装を凝らなければ建設費や宿泊費も安く抑えられる。その他、内部に医療機関や行政機関があることから、自己の住居が病室や介護室にもできる。

防潮堤には海水が入らないように施した扉を付ける。また、災害時に避難が遅れた人のため螺旋階段も設けておき、高層ビルに辿り着けるようにする。このようにすれば住民も高台へ避難しなくてもいいし、避難所や仮設住宅も不要となるため、その分の費用も減る。さらに、道路などのライフラインが切断されたときに備えて、食料や水の備蓄も考える。電力自給のためビルのサッシのガラスには透明の太陽光発電装置を採用し、高台にもソーラーパネルを設置するなどして蓄電もすれば、慌てることはない。この構想は、津波だけでなく河川の氾濫にも通用するだろう。この建物は地域の特色を取り入れて、できれば公金で用意するのが望ましい。この地は食べ物が美味しく、船遊びが楽しめる上に、屋上からの眺望は抜群である。観光の名所にもなるだろう。交通については、列車の駅は近くにないが、ビルの住民は外に行かなくても生活ができ、ビル内は主に縦の移動なので、エレベーターで済む。乗りたいときには、いつでも一人でも乗れる。ガス、電気、上下水道、通信等も、縦の狭いパイプスペース用空間を利用し、それらの交換も簡単にできるようにする。要するにインフラ費用が少なくて済むのだ。

駅が近くにあればなおよいが、観光客はバスや自家用車、そして売り物にできる海上の船がある。津波のときにはつなぎ方に一考を要するが、船は港内にしっかりつないで、津波や漂着物の防御壁を作って備える。このように考えてみると、高台を作ったり、高くて頑丈で長大な堤防を作ったり、各戸建ての家を建てるより費用も安上がりである。木造の戸建て住宅のように津波で漂流物になるような建造物などを最小限にすれば、津波が押し寄せたときや津波が引いた後の被害も減り、その後に必要になる瓦礫撤去などの作業負担も少なくなる。

住民が生活するための収入源としては養殖業を増やせばよい。例えば陸で高い建物でも行えるようにするのだ。魚、えび、貝…真珠も下階の各階層で行うとよい。真水へ必要な材料だけ入れて、色々な真珠も作ってみる。今でもアコヤ真珠は世界的にも美しいと聞いているが、まだ見たこともない美しい真珠を考案できるかもしれない。最近ではゲノム編集もある。また特殊な界面活性剤を使い、発熱量が同じでも水八〇%以上を混ぜた軽油の水増し燃料ができたというニュースもあった。このように科学の力を利用すれば、案外簡単な方法で意外なものもできるかもしれない。この構想は津波が去った後、すぐ日常の生活に戻れる利点もある。

国内では技術の進歩によって生産性が上がる一方、人口問題も絡んで労働者の需要は落ち、体を使う仕事が減った。しかし農林業も含め、まだまだこの世界は人手が必要である。全ての人が最新科学の能力を持っているわけではないから、誰にでもできる仕事も必要である。

ちなみにゲノム編集とは、特殊な酵素を用いて遺伝情報の一部を切り取ったり、また逆に組み入れてつなぎ、遺伝子を改変する技術のことをいう。また、界面活性剤とは、溶液中で溶質が気体と液体、液体と液体、固体と液体の界面に吸着されて、その界面の性質を変える化合物のことである。

利便性が高いことから、やはり人口は大きな都市に集中(二〇一五年で外国人居住者を含む日本の総人口のうち二八%が東京)している。二〇一六年の東京二三区では、収入は増えない中、サラリーマンがローンを組んでももはや不可能なほど新築の住宅は値上がりした。この状態はバブルと言ってよい。郊外でも多少価格は下がるものの、駅が近くて便利な立地の物件は同じように手が出せない。こうなると、どうしても地方を活性化して人を分散しなければならない。地方に仕事があって、住み良い場所になれば人も集まるだろう。人が集まれば商売も増える。また人が集まる。子供もできる。そして仕事が増える。ビルも増やせる。良い循環ができる。高齢化や人口減少による国や地方の衰退を止め、存続し、そして成長しなくてはならない。

智則は独特の未来図を頭に描いていた。

〈なんだか疲れたな…少し眠ろう…〉

浜島の漁船団は煌々とライトを付け、智則が乗った伝馬船を探し続けていた。あちこち必死に探索中、そのうちの一艘のサーチライトが伝馬船をはっきりと照らし出した。しかし智則の姿は見当たらない。智則は舟から放り出されないように、漁港で伝馬船をつないでおく綱で自分の体を舟に縛り付けて寝そべっていたのである。

潮音とエンジン音で声も消されそうな中、

「兄いー」

「あなたー」

「兄いー」

「あなたー」

剛と陽子は悲痛なまでの声で何度も何度も叫びながら、伝馬船へと近づいて行った。

おわり

■好評既刊本の紹介

# 『約束の詩 ―治まらぬ鼓動―』 Promised poetry (Never forgettable love)

〔本文より〕

初めて会って以来一途に思い続け、一時も由布子のことが心から離れなかった…。

〈男子みんなが憧れているあの高嶺の花の由布子が、あのお姫様が、何と、この自分を本当に思っていてくれている。ああ、こんな幸せ、本当にあるのだろうか？　夢ではないだろうか？〉

足が地から浮き上がり、のぼせ上がって有頂天に…。自分のために世界がある…。もう何も怖いものは無い。何でも出来るような不思議な力が湧いてくる。…美しいヒロインを恋人に持つ映画の主人公になったような気分でもある。

どんな言葉を使っても表現し尽くせない心情。決して大袈裟ではない。

こんな満ち足りた幸せが訪れ…高揚する気分になれることも人生にはあるものなのだ…しかも教室で…授業中に…こんな気持ちになれるなんて…学校へ行くのがこれほど楽しいとは…。

晶彦は生まれて初めて、天にも舞い上がるような幸せ感に包まれた。そして、いつまでもこんな気持ちでいられたら…と、祈る思いである。

（中略）

恋うひとに　思われている　幸夢心

（中略）

駅に近付いて、晶彦はハッと一人の女子学生の姿に心を奪われ、視線が彼女を追った。その姿はうららかな陽光を浴びて、人混みとともに駅の中へと消えて行った。晶彦は視線を逸らさず、ただその場に佇んでいた。

出張のことで頭がいっぱいで、一時潜んでいた由布子の存在が、ひょっこり晶彦の心に戻って来た。あの笑顔、明るい声、仕草、そして、教室での彼女など、数々のシーンが、次々と輝き始め、あの至福のステージが蘇ってきたのである。

「どうなさったのですか」

肩を叩く優しい女性の声が聞こえた。

「いえ、何も」

そう応えたものの、同じ所に佇んだまま思いの外、時間は経過していて、目は涙で潤んでいた。最高に幸せな思い出は、最高の辛さにも変わるのである。

いつしか新幹線の窓際のシートに座っていた。晶彦は顔を窓の方を向けている。涙が溢れ出て止まらない。晶彦はまだ、あの至福のステージの中にいた。由布子は咲き始めた花のように、瑞々しいまま微笑んでいる。しかし現実の晶彦の側に、彼女はいないのだ。

髪がたや　似た後ろ影　心を突き
　　なお治まらぬ　鼓動…

と、まで詠んだ。しかし、後が定まらない。
悲しくて、切なくて、そして、儚く、空しい思いが入り乱れ、愛しさが止めどなく込み上げてきて、渦を巻いているのである。

## 『二重奏 ―いつか行く道―』 Life of love（Realize thinking）

スキー場の山荘はオイルショックのため未完成で、内外装はおろか床は土のまま木くずが散乱している。そんな中で男女は出会い、二人は楽しみを見つけ、正月休みを過ごす。男は大阪、女は名古屋。付き合ううち恋人の親が経営する会社や家が窮地に陥り、男は全てを捨てて名古屋に駆けつける。命を賭け、恋人のため会社の再生に尽くす。会社再生後、恋人の兄に会社を託して一人会社を去り自分の道へ進んでいくが、無理を重ねた男は病に倒れ、人生は思わぬ展開へ…。

〔本文より〕

姫が勘助を困らせることをしても、無理を言っても、温かく見守って、報われるあてのない愛をますます募らせてゆく…。

「女性の美しさは、時には男の魂を変えてしまう悩力を持っているんやな…〝のう〟は悩む方の…勘助のあのような愛し方も何だか切なく…ロマンが溢れていて…由布姫の美しさとともに印象に残っているのです。ま、これらの内容は、僕の欲求的想像も手伝って、作品よりドラマチックに記憶している感も強いですが…」

「でも、あなたも由布姫さまに恋しているみたい…私、何だか嫉妬している気分」

（中略）

「写真を撮る人は今のうちに撮っておいて下さい。明日は早立ちします。槍や穂高も朝は日陰になってシルエットだけになりますから…それから、山の名称は左から、西鎌尾根、槍ヶ岳、中岳、南岳、大キレット、北穂高岳、唐沢岳、奥穂高岳、西穂高岳…」

指を差しながら美紀は細かく説明してから、付け加えた。

「ここからは見えませんが、槍ヶ岳の北側には急峻な北鎌尾根、東側には東鎌尾根が有ります…上高地は西穂高岳の山向こうの丁度この方向です」

この時、太陽はほぼ南南西にあって、突き上がった槍の穂先や連山の稜線から続いている数々の尾根、谷、沢のヒダは、色々な陰影を作り、見事な立体感を醸し出しながら急峻な深い谷へ落ち込んでいる。しかし穂高連峰と鏡平の間には標高約二四四〇メートルの奥丸山や中崎尾根があるので谷底までは見えない。

幸いにも空は青く、稜線との対比も美しい。この連山の稜線や山肌は、大小の岩がむき出しで、大きな起伏が多い。丸みの少ない鋭い岩肌は北アルプスの特徴で、険しい雄姿を誇示し、とりわけ大キレットや北穂高岳はより急峻に見える。ともかく雄大である。

（中略）

「案内した僕が言うのも可笑しいけれど、登山経験が少ない人でも、こんな素晴らしい光景が見られて、北アルプスの真っ直中にいる気分が味わえる所も、そう多くはないのではないかと思う」

「良かったね…無理矢理付いてきて」

皆を見回して良子が言った。

夕刻、太陽は西に近づき、槍から西穂高岳まで、山腹のヒダの陰影は少なくなり、赤っぽく様相が変わって、不思議な光景を醸し出し始めた。

（中略）

今回は会社に入って、財務も含んだ経営全般を再構築しなければならない。あの時より遙かに困難である。成功するには自分の考えの元、社員全員が同じ方向に動いてくれなければならない。丁度、作曲しながら、そして演奏もしながら、オーケストラを指揮するするようなもので、よく考えて行動しなければ、不協和音どころか、まとまりがつかなくなる。

幸い社長から全てを任された。問題は新参者の自分を受け入れてくれるかどうかである。

自分もそうであるように、能力が低く、ましてや、重しにさえなる指揮官の下では、充分力を発揮出来ない者もいるに違いない。組織の興亡は上に立つ者次第で、間違えば衰退は速い。リーダーの重要性を強く感じている。

更に事は急を要し、まず資金が要る。銀行からの融資…大きな関門が待っている。こんな中、この危機や難問にも、美紀の心は奮い立っていた。

美紀には分を過ぎた欲は無い。彼女がいればそれでよい。愛する彼女のためになら、全てを捧げることができる。その絶好の舞台が与えられたのだ。そう思うと幸せな思いが潮のように満ちてきて、彼の持つロマンの心に激烈な火を付けたのである。

（中略）

「それに、当社のように小規模で、人材は育っていないが、研究開発型の会社を目指すには、天才的人材が必要で、彼がその一人かと思います。会社の根幹については天才が突っ走って、他の者は必死に付いて行けば良い。そうすれば他の者のレベルも上がる。そして皆が工夫して天才を補完する。そうすることによって、皆が潤えると考えています。そのためにも彼を早く磨かなければならないのです」

## 『恋のおばんざい ―天下国家への手紙―』

The story of love in small dishes cafe（Letter to the nation-state）

本書は『国家の存続・人生方程式』の姉妹作である。

〔本文より〕

「何年か前、私の田舎に橋だらけ、道だらけ、という具合に立派な橋や道を作りまくって。各家の前まで。そして、たまにしか利用しない山道まで舗装をした。更には、米の減反を進める中、農地の改良までして、立派なインフラを整え、あげくの果て、過疎化や耕作放棄地となるのですが、これを日本中に作って大きな借金の一つにもなっています。このようなことは予想できたはずなのに、政治家は票獲得のため、行政担当者は怠慢と言うしかありません。馬鹿を通り越しています。地方の住民は自分たちが税をあまり納めていないのに、便利さを自治体へ要求する。今でも言えることですが、国中そのような考えの人が多い。自ら行動するのでなく、してもらえる、してほしいと思っている。何か改造するとなると、総論賛成でも、自分に関係した不利益なことになると反対になる」

（中略）

校門を入ると和子は幸成の腕に抱きつくようにして歩きだした。

「少し離れてよ。あなたは綺麗だし、私にくっついていたら、それに、この派手なペアのリュックのアップリケは目に付きすぎる」

「うちはかまわないえ」

「私は学校を首になるよ」

「丁度良いんじゃない。うちのお養子はんになれば」

「しかし、性急な話だね」

「うちも、お父はんも幸成はんを気に入っているし」

「でも、すぐには決められないよ」

「うちのこと嫌い？」

「好きだよ」

「うち、デパートでお会いした時、一目惚れしたんえ」

「和子さんにはかなわないな。あなたにかかったら私もたじたじだな」

「そうよ。もう覚悟しなさい」

「養子になっても、これじゃお尻に敷かれっぱなしになるね」

「座り心地の良い座布団になっておくれやす」

「ああ、熱が出てきた」

「ふふふ、ああ可笑しい」

　和子は楽しくてたまらないのである。

## 『国家再生塾』 The rebirth thinking school of a nation

（1）津波や水災害と高層ビルの長周期地震動対策（海岸部・山間地・都市部）

Measures against long-periodo ground motion of high-rise buildings due to Tunami and flood damage.（Near sea, Villages of mountainous area, City area）

（2）教育のシステムを根底から変えて、コスト削減、効率化、教育レベルを上げる

By doing change the education basic system, cost reduction increase efficiency education level up.

（3）人口減少、医療費、政府の無駄使いについて

Cause of population decline, Medical bills, Useless of government expenses.

（4）株式市場の改革

Stock market reform.

西川　正孝（にしかわ　まさたか）

昭和21年（1946年）三重県生まれ。

昭和40年、大手の電機製品製作会社入社、昭和48年退職。

その後、数社の中小企業勤務、設計事務所、技術コンサルタント、専門校講師等、一貫して機械関係のエンジニアとして活躍。

著書に『約束の詩 ―治まらぬ鼓動―』『二重奏 ―いつか行く道―』『恋のおばんざい ―天下国家への手紙―』『国家再生塾』がある。

国家の存続 ―人生方程式―

2018年4月18日　発行

著　者　西川正孝
制　作　風詠社
発行所　ブックウェイ
　〒670-0933　姫路市平野町62
　TEL.079(222)5372　FAX.079(244)1482
　https://bookway.jp
印刷所　小野高速印刷株式会社

ISBN978-4-86584-340-8